COLLECTION FOLIO

Karl Ove Knausgaard

Au printemps

Traduit du norvégien
par Loup-Maëlle Besançon

Illustrations d'Anna Bjerger

Gallimard

Titre original :

OM VÅREN

Né en Norvège en 1968, Karl Ove Knausgaard vit à Londres avec ses quatre enfants. Considérée comme une entreprise unique en littérature, son autobiographie en six volumes l'a fait accéder à une reconnaissance internationale. En 2020, le prix Médicis essai a récompensé le dernier volume, *Fin de combat.*

UN

Tu ne sais pas ce qu'est l'air, cela ne t'empêche pas de respirer. Tu ne sais pas ce qu'est le sommeil, cela ne t'empêche pas de dormir. Tu ne sais pas ce qu'est la nuit, cela ne t'empêche pas d'être cernée par celle-ci. Tu ne sais pas ce qu'est le cœur, cela ne l'empêche pas de battre tel un métronome dans ta poitrine, nuit et jour, nuit et jour, nuit et jour.

Tu as trois mois et tu es comme emmaillotée dans une routine, couchée dans un lit d'événements qui se répètent quotidiennement, car, à la différence des larves, des kangourous, des blaireaux ou des ours, tu n'as ni cocon, ni poche, ni tanière. Toi, tu as le biberon de lait, la table à langer, les couches, les lingettes, le landau, son oreiller et son édredon, tu as les grands corps chauds de tes parents. Tu grandis dans cet environnement, mais si lentement que personne ne le remarque, à commencer par toi, car le changement est d'abord externe, quand tu agrippes et absorbes tout ce qui t'entoure, avec les mains, la bouche, les yeux, par la pensée qui, ce faisant, se développe, et au bout de quelques années seulement, lorsque le monde autour de toi sera établi, peu à peu tu découvriras ce qui te constitue et tu grandiras intérieurement, tu apprendras à te connaître.

Comment est le monde pour un nouveau-né ?

Clair, sombre. Chaud, froid. Doux, dur.

Tous les objets de la maison, le sens pris par les relations au sein d'une famille, l'importance que chacun se donne, tout cela demeure invisible à ses yeux, dissimulé non pas par l'obscurité, mais par la lumière de l'indifférencié.

Si l'héroïne est aussi extraordinaire, m'a-t-on dit un jour, c'est parce qu'elle éveille des sensations proches de celles de l'enfance, du temps où nous étions entièrement pris en charge : ce sentiment de sécurité totale, si fondamentalement bon, dans lequel nous évoluions alors. Quiconque a un jour éprouvé ce sentiment au travers de la drogue veut le retrouver, car il sait qu'il existe, qu'il est possible.

Un abîme sépare la vie que je mène de la tienne. Ma vie à moi est pleine de problèmes, de conflits, d'obligations, de choses à effectuer, à régler, de volontés à satisfaire ou auxquelles s'opposer, quitte parfois à blesser ; ma vie est un flux ininterrompu de choses qui ne cessent de bouger, où pratiquement rien n'est figé, et que je dois en permanence contrer.

J'ai quarante-six ans et l'existence, telle que je la perçois, est donc une succession d'événements qu'il faut contrer, esquiver. Et les moments de bonheur, l'exact contraire de cela.

Quel est l'inverse de contrer ?

Ce n'est pas régresser, ce n'est pas se retirer dans le monde clair et sombre, chaud et froid, doux et dur des nouveau-nés. Ce n'est pas non plus la lumière de l'indifférencié, ni le sommeil ni le repos. L'inverse de contrer, c'est créer, construire, ajouter des choses qui n'existaient pas jusqu'alors.

Jusqu'alors, tu n'existais pas.

« Amour » n'est pas un terme que j'emploie souvent, il me semble trop grand par rapport à la vie que je mène, au monde que je connais. Et puis j'ai grandi dans un milieu qui a toujours usé des mots avec circonspection. Ma mère ne m'a jamais dit qu'elle m'aimait, et je ne lui ai jamais dit que je l'aimais. Il en va de même avec mon frère. Si je leur avais déclaré à l'un ou à l'autre que je les aimais, ils auraient été horrifiés. Je les aurais chargés d'un fardeau et l'équilibre existant entre nous s'en serait trouvé violemment ébranlé, un peu comme si je m'étais présenté ivre mort au baptême d'un enfant.

Quand tu es née, je ne savais rien de toi, je n'en débordais pas moins d'amour pour ta petite personne, un amour d'abord bouleversant, car une naissance est bouleversante, y compris quand on en est le spectateur – c'est comme si tout dans la pièce se densifiait, comme si la gravitation changeait et que cette nouvelle force attirait tout à elle, que pendant quelques heures plus rien n'existait en dehors d'elle, avant que, petit à petit, un équilibre se crée, que cette révolution s'intègre au quotidien, se dilue dans la routine des jours qui passent, sans disparaître pour autant.

Je suis ton père et tu connais mon visage, ma voix et les différentes façons que j'ai de te porter, mais sinon, je pourrais être n'importe qui pour toi, déborder de n'importe quel sentiment à ton égard. Mon propre père, ton grand-père, aujourd'hui décédé, vécut les dernières années de sa vie chez sa mère et leur existence fut impitoyable. Il était alcoolique et avait régressé, il n'avait plus la force de contrer quoi que ce soit, il avait totalement lâché prise, il passait ses journées à boire. Le fait qu'il se noie dans l'alcool chez sa mère n'était pas anodin. Elle l'avait mis au monde, s'était occupée de lui, elle l'avait tenu dans ses bras, emmené partout, elle avait veillé à ce qu'il ait chaud, à ce qu'il soit au sec, nourri. Le lien engendré par cette relation ne fut jamais rompu. Il tenta de le faire, je le sais, mais sans y parvenir. C'est pourquoi il finit chez sa mère. Où il pouvait sombrer. Aussi tordue et malsaine que soit cette relation, aussi répugnante soit-elle, c'était aussi de l'amour. Au fond de tout cela, quelque part, il y avait de l'amour, un amour inconditionnel.

À cette époque, je n'avais pas d'enfant et je ne comprenais pas. Je ne voyais que le caractère repoussant de cette situation, la dépendance, la régression. Aujourd'hui je comprends. L'amour est beaucoup de choses, il est le plus souvent fluctuant, lié à tout ce qui nous arrive, aux va-et-vient de l'existence, ce qui d'abord nous emplit, puis nous vide, mais cet amour inconditionnel est constant, jamais il ne s'éteint, et je veux que tu saches que tu es née dedans et qu'il t'entourera quoi qu'il advienne, tant que nous vivrons, ta mère et moi.

Peut-être le traiteras-tu avec indifférence. Peut-être lui tourneras-tu le dos. Puis un jour tu saisiras que cela n'a aucune importance, que cela ne change rien, que cet amour inconditionnel est le seul amour qui n'entrave pas ; qu'il est même au contraire le seul qui libère.

Celui qui entrave correspond à une autre forme d'attachement, moins pur, qui dépend davantage de l'être aimé. Plus puissant, il est capable de tout éclipser, voire de détruire. Il faut alors le contrer.

Je ne sais pas ce que sera ta vie, je ne sais pas ce qu'il adviendra de nous, mais je sais à quoi ressemble ton existence aujourd'hui et à quoi ressemble notre quotidien. Comme tu ne garderas aucun souvenir de cette période, je vais te raconter une journée au sein de notre famille, lors de ton premier printemps parmi nous. À l'époque, tu n'avais pas beaucoup de cheveux, ils paraissaient vaguement roux dans la lumière et poussaient de façon irrégulière ; un cercle à l'arrière de ta tête en était même totalement dépourvu, sans doute parce que cette partie était en permanence appuyée contre des oreillers, des couvertures, des canapés ou des chaises, mais je trouvais ce semblant de calvitie étrange : les cheveux seraient-ils comme l'herbe qui ne pousse que dans les endroits ensoleillés et aérés ?

Tu avais un visage rond, une petite bouche, mais des lèvres relativement épaisses et des yeux eux aussi ronds et assez grands. Tu dormais dans un lit à barreaux à l'autre bout de la maison, avec un mobile composé d'animaux de la savane africaine suspendu au-dessus de ta tête. Je couchais dans un lit à côté : j'avais en effet pour tâche de veiller sur toi la nuit, car ta mère avait le sommeil extrêmement léger, alors que je dors à poings fermés, comme un enfant, quoi qu'il se passe autour de moi. Il t'arrivait de pleurer parce que tu avais faim, mais comme tes cris ne me réveillaient pas ou ne me parvenaient que de très, très loin, tu ne tardas pas à comprendre, de façon certes un peu brutale, que tu n'obtiendrais rien de nous à ces heures. Résultat : au bout de quelques semaines seulement tu faisais tes nuits. Couchée vers six heures du soir, tu te réveillais vers six heures du matin.

Ce matin-là commença comme tous les autres. Tu ouvris les yeux dans le noir et tu te mis à pleurer.

Quelle heure était-il ?

Je tâtonnai à la recherche de mon portable, que je posais habituellement sur le rebord de la fenêtre au-dessus de ma tête.

Il était là.

La lumière de l'écran, qui n'était pas plus grand que ma main, emplit presque toute la pièce obscure d'une lueur vague.

Six heures moins vingt.

— Oh, il est tôt, ma puce, dis-je en me redressant sur mon matelas. Le mouvement entraîna un raclement et un sifflement dans ma poitrine, et je passai un moment à tousser.

Tes pleurs avaient cessé.

Je parcourus les deux pas qui me séparaient du lit à barreaux et me penchai sur toi, je posai une paume de chaque côté de ta petite cage thoracique avant de te soulever et de te serrer contre moi, en gardant une main derrière ta nuque, même si tu étais désormais capable de tenir ta tête.

— Salut, toi ! T'as bien dormi ?

Tu respirais calmement et donnais l'impression de presser ta joue contre ma poitrine.

Je traversai le couloir et allai dans la salle de bains. Par la fenêtre, à l'est, je vis un rai de lumière juste au-dessus de l'horizon, un fin trait rougeâtre dans le ciel et, juste au-dessous, la terre noire. Il faisait froid dans la maison, la nuit avait été claire et les températures avaient dû chuter, heureusement nous avions lancé le sèche-linge avant de nous coucher et la chaleur parfois presque tropicale qu'il dégageait flottait encore un peu dans la pièce.

Je t'allongeai avec précaution sur la table à langer coincée entre la baignoire et le lavabo, quand une nouvelle quinte de toux me saisit. Dans ma gorge, je sentis la glaire se décoller, je la crachai dans la vasque, ouvris le robinet pour la rincer : lisse et visqueuse, elle resta un instant collée au pourtour en métal de la bonde tandis que l'eau affluait autour d'elle, avant de commencer lentement à glisser de l'autre côté puis, brusquement, comme de son plein gré, de disparaître au fond de la vidange. Je jetai un bref coup d'œil dans le miroir au-dessus du lavabo et croisai mon regard fixe : mon visage avait l'air d'un masque. Je fermai le robinet et me penchai sur toi.

Tu levas les yeux dans ma direction. Pour peu que des pensées te traversent l'esprit, elles ne pouvaient être exprimées par des mots, des concepts, ni rien que tu puisses formuler, elles demeuraient du domaine du ressenti. « C'est lui », sentais-tu peut-être quand tu me regardais, et ce visage que tu reconnaissais entraînait une succession d'autres impressions, associées à ce que j'avais l'habitude de faire avec toi et la manière dont je m'y employais. En toi, beaucoup de choses devaient être vagues et ouvertes, tels les changements de lumière dans le ciel, mais il devait arriver que tout converge et forme un besoin net et impérieux : c'étaient les sensations corporelles de base – la faim, la soif, un trop froid ou trop chaud – qui soudain déferlaient en toi. Tu te mettais alors à pleurer.

— À quoi penses-tu ? demandai-je pour tenter de te distraire tandis que je commençais à déboutonner ton pyjama blanc. En vain. Ta lèvre inférieure s'avança et ta bouche frémit. De l'index, je donnai un léger coup sur la queue d'un des petits avions en bois suspendus au-dessus de la table à langer. Il se mit à tourner. Puis je fis de même avec le suivant, et le suivant.

— Ne me dis pas qu'aujourd'hui encore je vais réussir à t'avoir avec cette vieille combine ?

Mais si. Les yeux écarquillés, tu fixais les mouvements au-dessus de toi pendant que je retirais ton pyjama. J'étais en train de le mettre au sale quand des pas retentirent à l'étage. Sans doute ceux de ta sœur cadette, car l'aînée se levait toujours au dernier moment, et ton frère était probablement déjà debout. Je décollai les bandes adhésives de la couche et l'ôtai. Je sentis qu'elle était lourde en la jetant à la poubelle, un poids inattendu au vu des matières qui la constituaient. J'aimais cette sensation, elle m'indiquait que tout allait bien, que ton corps fonctionnait normalement. Alors que tout dans cette maison débloquait : le néon au-dessus de la cuisinière toujours dans son boîtier, inutilisable – plus d'un an auparavant, il avait commencé par clignoter avant de s'éteindre définitivement –, la voiture qui un beau jour s'était mise à trembler dès qu'elle dépassait une certaine vitesse et qu'un dépanneur avait finalement dû remorquer jusqu'au garage, sans parler de la nourriture qui moisissait ou se gâtait, des boutons de chemise qui tombaient ou des fermetures Éclair qui se coinçaient, du lave-vaisselle en panne ou de la canalisation de l'évier de la cuisine qui était bouchée quelque part dans le jardin – sans doute de la graisse séchée, avait dit le plombier que nous avions fait venir. Heureusement, le corps des enfants de cette maison, à la peau si lisse et si douce, et à la structure interne infiniment plus complexe que n'importe quelle machine ou construction mécanique, a toujours fonctionné parfaitement, sans jamais tomber en panne ni se casser.

Je changeai ta couche et passai les mains dans l'encolure d'un body pour l'élargir, puis te l'enfilai par la tête. Tu bougeais les bras et les jambes, des mouvements lents et serpentins. Puis je t'emmenai dans la cuisine. Aussitôt ta sœur cadette apparut sur le seuil, pieds nus et les yeux encore gonflés de sommeil.

— Bonjour, dis-je. T'as bien dormi ?

Elle hocha la tête.

— Je peux la prendre ?

— Oui, ce serait super. Comme ça, je vais pouvoir lui préparer un biberon. Assieds-toi sur le banc.

Elle s'assit sur le banc et te prit dans ses bras. Pendant que je remplissais d'eau la bouilloire jaune vif, sortais le lait en poudre et le biberon, mesurais six cuillers et les versais dans l'eau tiède, tu battais des jambes, mi-assise, mi-allongée sur ses genoux.

— Elle est contente, je crois, constata ta sœur.

Elle avait saisi tes petits poings entre les siens qui, soudain, semblaient gros en comparaison.

Elle avait neuf ans et pensait plus aux autres

qu'à elle-même, c'était un de ses principaux traits de caractère et je m'en étonnais souvent : pourquoi en était-il ainsi ? C'était une âme lumineuse que la vie semblait traverser sans rencontrer beaucoup d'écueils, elle ne doutait pas d'elle, ne se remettait pas sans arrêt en question, peut-être le fait de ne pas avoir besoin de consacrer d'énergie ou d'effort à sa propre personne laissait-il plus de place aux autres ? En revanche, si je me fâchais contre elle et haussais ne serait-ce qu'un tout petit peu la voix, elle éclatait en sanglots et manifestait un déchirement insoutenable. Résultat : j'essayais aussitôt de me rattraper et de la consoler alors qu'elle partait ruminer son chagrin dans un des recoins de la maison. Heureusement, ce genre de scènes était exceptionnel, premièrement parce qu'il était rare qu'elle se comporte mal, deuxièmement parce que les conséquences étaient trop terribles pour elle.

— Oui, c'est bien, dis-je.

Je vissai le bouchon, repliai la tétine souple sur le côté avec le pouce afin que le lait ne gicle pas partout et secouai le biberon. À l'est, le trait rougeâtre s'était élargi, sa couleur n'était plus aussi concentrée, elle donnait l'impression d'avoir été diluée, tandis que le ciel au-dessus avait pâli. Les terres planes qui nous entouraient de part et d'autre n'avaient pas encore commencé à réfléchir la lumière, les arbres du jardin non plus. Au contraire, ils semblaient l'absorber : le noir se remplissait lentement de grains grisâtres, comme s'il regorgeait d'obscurité.

— Tu as envie de lui donner son biberon ? demandai-je.

Elle hocha la tête.

— Mais avant, je dois aller aux toilettes, dit-elle.

Je te repris dans mes bras et entrai dans le séjour où ton frère, allongé sur le canapé, jouait sur un Mac posé devant lui. Il portait un pyjama vert devenu trop petit et ses cheveux étaient ébouriffés.

— C'est là que tu te caches, dis-je. Ça fait longtemps que tu es debout ?

— Oui, répondit-il, le regard rivé sur l'écran.

— Tu sais que tu n'as pas le droit de jouer le matin ?

— Oui.

Il leva les yeux vers moi et me sourit. Pendant ce temps, tu regardais en direction de la lampe dans la bibliothèque.

— Mais je ne sais pas quoi faire, dit-il.

— Tu peux lire.

— C'est pas marrant.

— Tu peux t'habiller alors, suggérai-je en m'asseyant. Mais peut-être que tu ne trouves pas ça marrant non plus ?

— Non, répondit-il en riant. Rien n'est marrant !

Je t'allongeai sur mes cuisses, l'arrière de ta tête en appui sur mes genoux, je la relevai de façon à ce que tu sois presque en position assise, et nos regards se croisèrent.

Tu écartas les bras et émis un gazouillis.

— À quoi tu penses ? demandai-je.

Tu me regardais, l'air excité.

— Tu sais ce qu'on va faire aujourd'hui ?

Tu eus l'air de vouloir bouger la tête mais, comme tu ne maîtrisais pas encore vraiment tes mouvements, elle tomba légèrement sur le côté.

— Nous allons rendre visite à maman à Helsingborg, annonçai-je. Nous partirons après avoir déposé ton frère et tes sœurs à l'école.

— Moi aussi, je veux aller voir maman à Helsingborg, dit ton frère en se pelotonnant contre nous.

Tu continuais à me fixer, les yeux écarquillés. Nous avions pour habitude de nous tenir ainsi plusieurs fois par jour, c'était comme un entraînement, un entraînement provoqué par la peur, car durant le premier mois de ta vie je ne parvenais pas à entrer en contact avec toi. Tu passais le plus clair de ton temps à dormir, et quand tu ne dormais pas, le plus souvent tu regardais ailleurs. Je ne me rappelais pas que ton frère et tes sœurs aient agi pareillement ; au contraire, il me semblait qu'ils croisaient mon regard avec de grands yeux curieux. Or c'est un contact qui ne s'oublie pas, car j'avais alors l'impression de les voir, de voir qui ils étaient, de distinguer leur personnalité au fond de leurs yeux. Si leur monde intérieur était comme une forêt de sentiments indissociés, ces instants s'apparentaient à une clairière, une subite trouée. Chez toi, je ne distinguais rien de tel, je ne te sentais pas présente, et ça m'inquiétait. Ce n'était pas normal, pensais-je. Je craignais que tu souffres d'une lésion cérébrale ou d'autisme. Mais jamais je n'en ai touché mot à quiconque, car je crois qu'en disant une chose, elle devient vraie ; tant qu'elle n'est pas formulée à haute voix, d'une certaine manière, elle n'existe pas réellement. Et si elle n'existe pas réellement, elle n'est pas avérée, et si elle n'est pas avérée, elle peut encore disparaître.

Autrement dit, je me voile la face devant les choses déplaisantes. Or cette absence de contact était plus que déplaisante, elle était fatidique.

Tu ne nous regardais pas.

Puis, au bout d'un mois, lentement, tu émergeas, tu devins de plus en plus présente, non seulement intérieurement, mais aussi dans l'espace. Quand je vis ta personne apparaître dans ton regard, et que j'y perçus aussi par la suite de la joie, mon inquiétude s'évanouit. Tu étais née prématurée, peut-être est-ce pour cette raison que tu avais eu besoin de ces quatre semaines supplémentaires pour sortir de ta coquille. Mais l'effroi que j'avais éprouvé me poussa à veiller encore davantage à te parler, te regarder, à papoter avec toi, à plaisanter.

Si j'ai eu peur que tu souffres d'une lésion cérébrale ou que tu sois autiste, c'est à cause du traitement de cheval administré à ta mère pendant sa grossesse. Elle avait traversé une période de profonde détresse, et les médicaments, qui l'avaient soulagée, avaient bien sûr été prescrits en fonction de toi, tu ne courais donc aucun danger en réalité. De plus, par précaution, ta mère avait accouché dans un service spécialisé, où tu étais restée sous surveillance durant la première semaine. Rien ne semblait indiquer qu'il y ait le moindre problème, tu étais en parfaite santé, néanmoins, le fait que tu évites nos regards et détournes très souvent les yeux quand nous tentions d'établir le contact avec toi avait de quoi inquiéter.

D'un autre côté, je savais que les nourrissons sont des êtres robustes et forts, et qu'il en faut beaucoup pour perturber le cours de leur vie physiologique. Je ne crois absolument pas, par exemple, qu'ils soient sensibles aux différents états d'esprit de leur mère durant la période où ils flottent dans le liquide tiède de son utérus. Même s'ils vivent en symbiose avec elle, ils sont autonomes, dans le sens où les codes génétiques qui détermineront leur évolution existent dès leur conception. Et je serais tenté de penser que les anciens, en leur temps, l'avaient déjà compris, car c'est aussi ce que traduit le vieux concept du destin : à savoir qu'une grande partie de ce qui arrivera à l'enfant est déjà décidé à sa naissance.

— Nous irons bientôt rendre visite à maman tous ensemble, dis-je. Mais aujourd'hui, tu as école.

— Et si je ne veux pas y aller ? demanda ton frère.

— Eh bien, je vais devoir te porter.

Au même instant, ta sœur revint. Elle s'assit à

côté de nous, avec douceur et des mouvements encore empreints de sommeil.

— À votre retour, grand-mère sera là, annonçai-je.

— C'est vrai ? demanda ta sœur.

— Chouette ! s'exclama ton frère en me regardant d'un air subitement plus animé. J'aurai le droit de dormir dans son lit ?

— J'imagine que oui, dis-je. Mais c'est la nuit de Walpurgis ce soir. Vous risquez donc de vous coucher un peu plus tard que d'habitude.

— Grand-mère viendra avec nous ?

— Ça, je ne sais pas, dis-je en me levant. Vous pouvez la prendre un peu, le temps que je sorte boire un café ?

Ta sœur hocha la tête. Je te déposai au creux de son bras et lui tendis le biberon qu'elle mit aussitôt dans ta bouche.

— Tu viens me chercher si besoin, dis-je en regardant ton frère. Ça va aller ?

— Bien sûr, dit ta sœur, trop concentrée sur sa tâche pour lever les yeux vers moi.

— Je suis dehors, venez me chercher s'il y a quoi que ce soit, répétai-je avant de partir dans la cuisine et de me préparer un café.

Je l'emportai dans l'entrée, glissai les pieds dans mes chaussures et ouvris la porte. Tel un film, l'air printanier frisquet se déposa sur mon visage. Le soleil était passé au-dessus de l'horizon à présent. La lumière dense et orange de l'astre flamboyant ressortait nettement dans le ciel, mais elle donnait l'impression de se dissoudre dans l'air clair et léger du jardin où elle tombait et se réfléchissait partout, parant chaque surface de teintes délicates, à l'exception des endroits directement éclairés par les rayons du soleil, sur la cime du pommier, par exemple, où les feuilles à demi écloses étincelaient comme des petits miroirs.

Je traversai la cour pour rejoindre la maisonnette qui me servait de bureau et où j'avais le droit de fumer. C'était un atelier quand nous avions acheté la maison et, bien que j'aie tapissé tous les murs de livres, elle en gardait la trace, de façon indéfinissable, elle paraissait avoir été aménagée pour les tâches rustiques et manuelles et se trouvait ainsi associée à des activités extérieures, un peu comme un garage, ce que ni les tapis au sol ni les cadres aux murs ne réussissaient à masquer.

Je m'assis dans le fauteuil installé dans l'encoignure. Il y avait une pile d'enveloppes contenant des factures sur la table, elles étaient l'incarnation de ma mauvaise conscience, je repoussais sans cesse le moment de les payer, et quand enfin je sautais le pas, j'avais un tel retard sur les échéances que j'avais entre-temps reçu des lettres de relance et des mises en demeure. Ce n'était pourtant pas compliqué, il suffisait de payer et ce n'étaient pas les sous qui me manquaient, pourtant je n'y parvenais qu'au prix d'un immense effort. Sur le dessus de la pile, il y avait une facture de Kronofogden, une société de recouvrement, ne pas la régler aurait de graves conséquences, ils viendraient sonner à notre porte. Cela nous était arrivé une fois quand nous habitions à Malmö et une fois ici.

Bon.

Je pris l'enveloppe, l'ouvris, posai la facture sur la table devant moi, allumai mon ordinateur et allai sur la page d'accueil de la banque. Je sortis ma carte bancaire de la poche arrière de mon pantalon et la posai elle aussi sur la table.

Une fois le règlement effectué, j'avalai une gorgée de café et attrapai le paquet de cigarettes qui traînait sur un livre de Sven Nykvist intitulé *Révérence pour la lumière* et un autre de Klaus Mann que je n'avais jamais lu. J'avais ces livres depuis si longtemps et ils étaient à la même place depuis tant d'années que j'entretenais envers eux un sentiment de familiarité proche de celui que l'on éprouve pour les fleurs de son jardin. Dans les deux cas, je me contentais de les regarder – il y avait ici les lilas, là les sagas des Islandais, ici les perce-neige ou là encore le Jayne Anne Phillips – et prendre un livre dans la bibliothèque puis commencer à le lire était pour moi comme de cueillir des fleurs et les mettre dans un vase.

Un jour, me revint-il soudain, alors que je travaillais à mon bureau, un bruit sourd avait retenti dans mon dos. Je m'étais retourné d'un bond. Un livre gisait par terre, il avait dû tomber de la bibliothèque. Mais comment ? Il était rangé sur une étagère parfaitement d'équerre, coincé entre d'autres livres. Intrigué, je m'étais dirigé vers les rayonnages.

Était-ce un animal ? Une souris ou un rat ?

Non. Car dans l'espace laissé par le livre qui était tombé, il y avait une plante grimpante. Elle avait poussé le long du mur extérieur de la maison, jusqu'au toit où elle avait trouvé un passage sous les tuiles et dans la toiture, entre les poutres et les panneaux de bois ; de là, elle s'était faufilée à l'intérieur, sur le mur, jusqu'à la bibliothèque, où elle avait exercé une pression sur le livre, le roman de Bret Easton Ellis *American Psycho*, le déplaçant avec une infinie lenteur, millimètre après millimètre, jusqu'à ce jour où l'ouvrage était soudain parvenu au point où la gravité l'avait attiré vers le sol, le faisant tomber deux mètres plus bas dans un bruit mat et retentissant.

Je continue à penser que la force aveugle de cette plante grimpante est incroyable. Et un rien effrayante. Lorsque par la suite je l'arrachai, en dégageant mètre par mètre les lianes semblables à des cordes, je découvris que, sous le toit, elles étaient toutes blanches, à l'instar de tout ce qui vit dans le noir.

Je me penchai en avant et tapotai le petit chapeau de cendre de ma cigarette contre le bord d'une tasse. Depuis ma place, je pouvais voir la maison, à la fois les fenêtres de la salle à manger et la porte d'entrée, et de cette façon m'imaginer que je gardais un œil sur ce qui se passait à l'intérieur. Les minutes que je réussissais ainsi à voler, en te laissant sous la surveillance de tes sœurs et ton frère, me donnaient vraiment cette impression : celle d'être volées, illégitimes. Je savais que tout irait bien, qu'il ne se produirait rien de grave, c'était donc le sentiment de mal faire aux yeux des autres qui me gênait alors que je me carrais dans le fauteuil, en inhalant avec précaution pour ne pas déclencher une nouvelle quinte de toux, avant de recracher la fumée et de boire une autre gorgée de café. Qu'adviendrait-il si quelqu'un débarquait à cet instant et me découvrait ici, en train de fumer, pendant que de jeunes enfants surveillaient un bébé qui était à peine plus qu'un nourrisson ? Que penserait-il ?

L'été précédent, six mois avant ta naissance, j'avais été convoqué par les services de la protection de l'enfance. Il s'agissait d'une simple formalité, ils procédaient toujours ainsi quand il arrivait ce qui était arrivé chez nous, mais je n'étais pas sorti indemne de cette convocation, non seulement parce qu'il était humiliant de se retrouver dans un bureau et de devoir répondre aux questions de deux jeunes femmes, toutes deux dans la vingtaine, sur mes enfants et notre vie, mais aussi parce que j'en éprouvais de la honte, puisque cela signifiait que la famille que nous formions avait presque atteint le stade où un tiers avait le droit d'intervenir, de nous donner des conseils, voire celui de venir chez nous et de nous remplacer. Une telle chose ne se produira pas, il n'en reste pas moins que c'était là l'enjeu de cette convocation, ce qui pouvait en résulter de pire.

C'est pourquoi je ne m'y présentai pas tel que je suis, c'est-à-dire pas lavé, pas coiffé et vêtu des mêmes habits depuis plusieurs semaines. C'eût été prendre un trop grand risque : ils auraient cru que je n'exigeais pas non plus des enfants qu'ils se lavent, se coiffent et changent de vêtements régulièrement. Non, ce matin-là, je décidai de me doucher, de me laver les cheveux, de me brosser les dents et d'enfiler des vêtements propres, bien coupés, avant de rejoindre le lieu de rendez-vous en voiture.

Nous avions eu un superbe été : les jours de grand ciel bleu, sans vent, avec un soleil brûlant, se succédaient et ce jour-là ne différait pas des autres. Je me garai dans une ville inondée de soleil. Autour de moi, les capots, les toits, les vitres et les façades scintillaient, et, malgré l'heure encore matinale, il y avait beaucoup de monde dans les rues, en short et tee-shirt, débardeur et jupe, en sandales ou baskets. Même à l'ombre sur le trottoir devant le bâtiment fonctionnaliste où devait se dérouler l'entretien, juste à côté de la place centrale, il faisait chaud et lourd.

Je m'annonçai à la réception, on m'invita à m'asseoir en attendant qu'on vienne me chercher. Comme toujours dans ce type d'endroits, il y avait une pile de magazines sur la table, et comme presque systématiquement désormais, en tout cas dans les salles d'attente que je connais, chez le médecin, à l'hôpital ou au garage, on trouvait parmi ceux-ci quelques journaux gratuits. Je saisis l'un d'entre eux, regardai la date ; il remontait à plusieurs semaines, mais cela n'avait aucune importance, car les nouvelles avaient cette curieuse particularité d'être totalement vides et leur lecture de ne laisser aucune trace dans notre esprit.

Deux jeunes femmes pénétrèrent dans la pièce. Je me levai, leur serrai la main, et elles me prièrent de les suivre à l'étage. Là, nous entrâmes dans un grand bureau ; elles s'assirent d'un côté de la table, moi de l'autre. Elles avaient des papiers posés devant elles. Elles m'assurèrent qu'il s'agissait d'une formalité, qu'ils procédaient toujours ainsi quand arrivait ce qui nous était arrivé. Je comprenais, dis-je, et je leur souris, en essayant d'avoir l'air aussi aimable et normal que possible. Derrière les fenêtres, en contrebas, il y avait un petit parc, pendant un instant je regardai la cime immobile des arbres au feuillage dense baigné de lumière, les gens qui passaient sur la route à leur pied, les voitures brillant dans le soleil.

Puis je jetai un œil aux deux femmes.

— Vous-mêmes, avez-vous des enfants ? demandai-je.

— Non, malheureusement, répondit l'une. La seconde secoua la tête en souriant.

Elles n'y connaissaient donc rien, pensai-je, et je me sentis agacé à l'idée que deux personnes si jeunes m'interrogent sur ma famille sans avoir elles-mêmes la moindre expérience en la matière, leurs connaissances se limitant à ce qu'elles avaient lu ou entendu dire.

Elles me demandèrent de leur raconter ce qui s'était passé, et je m'exécutai.

Puis elles me prièrent de leur décrire les enfants. Ce que je fis, en parlant d'abord de l'aînée, puis de la cadette, pour terminer par le petit dernier. Je savais qu'elles voulaient s'assurer que je communiquais avec eux, que je les « voyais », que je voyais qui ils étaient, et je m'employai à répondre du mieux possible à leur attente, même si ça me répugnait, justement parce que, n'ayant elles-mêmes pas d'enfants, elles ne pouvaient pas mettre ce que je leur racontais en perspective avec leur propre expérience. Et j'étais nerveux, je cherchais mes mots, mon incapacité à m'exprimer de façon satisfaisante me semblait révélatrice.

L'une d'elles me donnait l'impression de dissimuler un sourire en m'écoutant.

Étais-je d'une quelconque manière ridicule ?

La façon dont je parlais de mes enfants posait-elle problème ?

Mes yeux soudain s'humectèrent.

Je les détournai, pleurer ici serait la pire des choses à faire, elles écriraient alors « instable » ou « inapte » sur leurs papiers. « Père émotionnellement instable. »

— Ce n'est pas facile de les décrire, m'excusai-je. Il y aurait tant à dire.

— On comprend, m'assura l'une d'elles en souriant.

— Qui les garde en ce moment ? demanda l'autre.

— Deux amis qui sont en visite chez nous, dis-je. C'est un couple. Ils ont eux-mêmes trois enfants. Trois enfants aujourd'hui adultes. Le dernier a déménagé il y a peu.

— Tout cela me semble très bien, dit l'une.

Toutes deux souriaient.

L'entretien ne dura guère plus d'une demi-heure et se déroula sans anicroche, j'étais néanmoins ébranlé en ressortant dans la rue. L'élément choquant résidait dans le nom du service, la protection de l'enfance, l'idée que les enfants aient besoin d'une protection autre que la nôtre. Qu'ils devaient peut-être même être protégés *de* nous.

Depuis, chaque scène des enfants, le bazar dans la maison, notre manque d'organisation, m'évoquaient la protection de l'enfance, comme si nous vivions sur le fil du rasoir.

La raison me soufflait que ce n'était pas le cas, mais l'idée ne cessait de me hanter. Nous vivions sur le fil du rasoir. Une chose aussi insignifiante que boire une bière le soir me semblait inconcevable, aussitôt j'imaginais une visite à domicile impromptue, et moi dans le canapé en train de picoler avec trois enfants sous ma responsabilité.

Les enfants cependant n'étaient au courant de rien. Ma tâche, m'arrivait-il de penser, était de m'occuper des ombres, de les absorber, de sorte qu'ils grandissent dans la lumière.

Ils ont pourtant bien dû se douter de quelque

chose. Je n'arrivais pas à venir à bout de toutes les ombres. Peut-être en étais-je moi-même une à leurs yeux.

Je laissai tomber le mégot encore en train de se consumer dans une des tasses sur la table, où il s'éteignit dans un bref et léger grésillement, puis je me levai et retournai dans la maison.

Lorsqu'un peu plus tard je partis accompagner ton frère et ta sœur cadette à la garderie, dans ton landau tu avais les yeux rivés sur le ciel bleu lumineux. Le chemin passait par la cour de la ferme voisine, puis entre un énorme bâtiment en brique qui servait en partie d'étable, en partie de grange, et une maison d'habitation située légèrement en retrait, puis sous un bosquet de feuillus. Il fallait ensuite descendre un sentier bordé d'un côté par des arbres et de l'autre par des champs. L'hiver, nous marchions dans le noir, loin de tout éclairage, la lumière la plus proche apparaissant parfois comme un trait pâle à l'horizon et, pour peu que le ciel soit dégagé à ce moment-là, j'avais l'impression de me trouver quelque part dans l'univers, parmi les étoiles et les planètes, tandis qu'à la belle saison la lumière semblait rehausser le monde autour de nous : les champs, les arbres, la terre et l'herbe, plus drue et grasse à mesure que nous approchions de la Saint-Jean.

En cette saison, l'ensemble était encore assez ténu, le paysage n'avait pas cette opulence que lui apportait l'été, le vert des arbres commençait tout juste à poindre, car le mois d'avril, c'est cela : des bourgeons, des germes, l'incertitude, l'hésitation. Avril se trouve entre le grand sommeil et le grand bond. Avril, c'est l'envie de passer à autre chose, sans que l'on parvienne à définir ce qu'est cette autre chose.

Dans la cour au milieu des bâtiments, je poussais le landau d'un côté et tenais ton frère de l'autre, il aurait bientôt sept ans et se promener en tenant son père par la main ne lui posait pas encore de problème, tandis que ta sœur marchait de l'autre côté, chacun avec son cartable se balançant sur son dos. En réalité, j'aurais souhaité qu'ils aillent à l'école seuls, comme moi à leur âge, mais maintenant, dans ces circonstances, je craignais que le personnel de l'école ne me soupçonne d'agir ainsi par fainéantise, par négligence, c'est pourquoi chaque matin je parcourais avec eux les quelques centaines de mètres jusqu'à la garderie.

Nous parvînmes au sommet de la petite butte d'où nous avions vue sur les champs qui s'étendaient jusqu'à quelques vagues collines au loin. Certains étaient jaunes, ceux où poussait du colza, d'autres verts ou marron sec, ces derniers ayant été labourés peu auparavant. Le paysage resplendissait dans la lumière du soleil bas flamboyant.

— Papa, tu viens nous chercher à quelle heure aujourd'hui ? demanda ta sœur.

— Je ne sais pas. Quatre heures ?

— Papa va voir maman, dit ton frère.

— Maman me manque, dit ta sœur.
— Je le sais. Toi aussi, tu lui manques.
— Et moi aussi ? demanda ton frère.
— Évidemment que oui !

Je savais depuis toujours qu'ils l'aimaient plus fort que moi, ou en tout cas plus intensément. Elle était plus tendre et plus spontanée que je ne l'étais et leur apportait une chose que je ne pouvais leur donner. En même temps, ils avaient aussi besoin de moi, car quand je rentrais chez nous après une absence prolongée, quelque chose en eux et dans la maison semblait s'apaiser, comme si ma présence créait une sorte d'équilibre dans leur vie.

Les cahots du landau te berçaient, tu commençais à avoir les paupières lourdes, et quand nous nous arrêtâmes devant le bâtiment jaune, dont une partie servait aussi de café aux anciens, tu dormais. Je laissai le landau dehors et accompagnai les autres à l'intérieur afin de signaler notre arrivée au personnel. Poussant un chariot plein de cartons de lait, de céréales et de pots de yaourt, une personne de l'équipe entra dans la pièce du fond, où une poignée d'enfants attendaient, assis autour de deux tables.

— Bonjour, dis-je.
— Bonjour, dit-elle.

Ton frère et ta sœur avaient déjà ôté leurs chaussures et leur blouson. Ta sœur se serra brièvement contre moi avant de suivre ton frère dans la salle et, comme toujours, je me demandai si elle le faisait pour elle ou pour moi.

— Bon, ben, au revoir ! dis-je. Je les vis se glisser l'un et l'autre sur leur chaise et se fondre dans le reste de la troupe d'enfants bien calmes à cette heure ; plus rien ne les rattachait à moi désormais. Il se produisait un phénomène similaire quand je refermais la porte de mon bureau : les enfants disparaissaient de mon esprit et la journée entière pouvait s'écouler sans que je pense à eux, avant leur retour en fin d'après-midi, quand venait l'heure d'aller les chercher.

Dehors, tu dormais encore. Du pied, je débloquai le frein du landau, puis j'ouvris le portail en fer d'une main, sortis en tirant le landau de l'autre, refermai la grille et m'engageai sur l'étroit sentier asphalté jusqu'à la route, que je suivis sur une vingtaine de mètres avant de prendre le chemin de terre.

Les arbres en bordure de chemin formaient comme un mur et faisaient partie d'un petit bois, un carré de verdure entre le grand lotissement où vivait la majorité de la population et la partie ancienne du village, autour de l'église, où nous habitions. À l'intérieur de cet espace ceint d'une clôture, il y avait une grande demeure en brique délabrée et un étang, probablement artificiel ; il s'agissait donc sans doute plutôt d'un ancien parc ou d'un grand jardin que d'un bois. Il émanait de cet endroit une impression lugubre, le terrain semblait gorgé d'eau et il était toujours à l'ombre ; pourtant, pensai-je, il fut un temps où cette propriété avait dû être au centre de l'activité, un lieu où l'argent coulait à flots. Peut-être appartenait-elle à l'Église, à moins que ce soit tout simplement le presbytère ?

Quelques décennies auparavant, il y avait une brasserie dans le village, et une laiterie, ainsi que plusieurs magasins ou ateliers, une banque, une poste. Même le train s'arrêtait ici. Puis, lors de la mécanisation de l'agriculture, à la fin des années soixante et soixante-dix, toutes les activités du secteur secondaire périclitèrent et les gens commencèrent à quitter le village. Il ne restait plus aujourd'hui qu'un magasin d'alimentation, qui risquait fort de disparaître quand le propriétaire partirait à la retraite, selon les dires d'une employée. L'ancienne école était fermée depuis l'année qui avait suivi notre installation et le jardin d'enfants peinait à garder un effectif suffisant pour demeurer ouvert.

Entre les arbres, dans une petite clairière, un gros cheval nous observait. La touffe de poils au bas de ses pattes donnait l'impression qu'il portait des bottines en fourrure. J'étais arrivé à la conclusion qu'il devait s'agir d'un Ardennais. Le soleil tombait sur son dos large, le long de ses flancs bombés et musculeux. Pendant un moment, il nous regarda d'un air tranquille et pensif, avant de baisser la tête et de recommencer à brouter. Alors que je montais la petite côte en poussant le landau où tu dormais toujours, un homme en bleu de travail sortit de la maison, traversa la cour et grimpa dans un pick-up. Je lui adressai un signe de la main et il me salua du même geste. Bien que voisins, nous n'avions jamais échangé d'autres mots que bonjour, et je ne savais rien de lui – habitait-il seul ? Avait-il une femme ? Des enfants ? C'était en partie dû à l'orientation de nos maisons : la sienne se trouvait derrière la nôtre et si nous vivions face à une route, symbole de notre lien avec la ville et de notre étroite connexion au monde affluant, *via* la fibre optique, sur nos écrans de télévision et d'ordinateur, sa maison à lui donnait sur les champs et les prés, qu'il cultivait aussi sans doute, réalité qui m'était étrangère et qui avait façonné la structure très ancienne du paysage : de grands champs entourant quelques maisons regroupées autour d'une église. C'était l'environnement dans lequel nous vivions, je le voyais chaque jour, champ après champ, village après village, église après église, pourtant il m'arrivait de ressentir un manque, un manque parfois intense. D'où venait-il ? Du fait de n'être lié à ce paysage que par le regard, peut-être.

Et non par le corps, alors ? Par le travail de la terre ? Les rares fois dans ma vie où je m'étais prêté à cette activité, je n'avais rêvé que d'une chose : fuir, retourner au chaud, parmi les livres ou devant la télévision.

Ce n'était pourtant pas tout à fait vrai, car ces dernières années j'avais travaillé à intervalles réguliers dans le jardin et, passé la réticence et l'ennui des premières heures, c'était comme si je perçais un mur et trouvais un rythme qui devenait presque obsessionnel pour ne m'arrêter qu'aux environs de minuit.

Mais mon Dieu, ce n'était qu'un jardin !

Et celui-ci était un petit monde artificiel factice, dans lequel la nature était une nature factice, il ne présentait aucun caractère indispensable, il n'engendrait rien, si ce n'est une satisfaction intérieure, une satisfaction elle aussi factice, au fond, puisque issue d'une chose fabriquée.

Les briques des dépendances en face de nous rougeoyaient dans la lumière du soleil levant. Sur la route qui traversait le village à une centaine de mètres de là, un semi-remorque de la taille d'une petite maison passa. La vibration du ronflement profond du moteur resta comme suspendue dans l'air, sous les croassements des choucas qui nichaient dans la cime des arbres de la propriété lugubre, et brusquement le son si particulier des Volvo des années soixante-dix me revint. Aux bruits du moteur et des pneus sur l'asphalte s'ajoutait une sorte de léger couinement, presque un sifflement, semblable à celui d'une petite flûte. Lorsque nous marchions sur la voie surplombant le lotissement, d'où nous ne pouvions pas voir la grande route située une dizaine de mètres plus bas, j'étais toujours capable de reconnaître à l'oreille si la voiture qui passait était ou pas une Volvo.

Je contournai l'écurie, traversai la pelouse, entrai dans le jardin derrière la maison, ouvris le portail et rangeai le landau devant la porte de façon à pouvoir garder un œil dessus depuis la fenêtre, puis j'entrai.

— T'es réveillée ? criai-je.

À l'étage, ta sœur émit un grognement.

— Il faut que tu te lèves, la pressai-je, le car part dans une demi-heure !

— Ouaaais, répondit-elle.

— Tout de suite !

— Oui, je t'ai dit !

— Bien ! Descends alors !

— Mais papa ! Arrête !

Dans la cuisine, je mis deux tartines dans le grille-pain, allumai la bouilloire, puis je sortis la margarine, du fromage et une barquette de jambon du réfrigérateur, je les posai sur un plateau et les emportai dans la salle à manger. Au même instant ta sœur descendit l'escalier, avec sa couette enroulée autour d'elle, comme une sorte de cape. Elle passa devant moi et entra dans le séjour sans croiser mon regard.

— Je te sers un thé ? proposai-je.

— Non, merci.

— J'ai déjà mis l'eau à chauffer.

— Pourquoi tu me demandes alors ?

— Bonne question.

J'allai à la fenêtre pour vérifier que tu dormais toujours. C'était bien le cas. Puis je retournai dans la cuisine où je pris un sachet de thé dans la boîte et le mis dans une tasse où je versai l'eau fumante.

— Viens manger, dis-je après avoir posé la tasse et une assiette à la place où elle avait l'habitude de s'asseoir.

— Je n'ai pas faim, me répondit-elle depuis la pièce voisine.

— Il faut au moins que tu avales une tartine.

Je me postai dans l'embrasure de la porte. Elle était allongée sur le canapé, sous la couette. La pièce baignait dans l'obscurité, le soleil donnait de l'autre côté de la maison, mais çà et là quelques rayons éclairaient la route grise et sèche devant chez nous, quand ils réussissaient à percer entre les arbres, les haies, le mur des maisons et les buissons.

— Hé, la miss ! Le car part dans vingt minutes et tu n'es même pas habillée.

— J'ai le temps.

— Oui, si tu t'y mets maintenant. Ta petite sœur dort dans son landau dehors. Tu peux garder un œil sur elle et me prévenir si elle se réveille ?

Elle me lança un regard soupçonneux.

— Tu vas où ?

— Aux toilettes.

— Je ne t'ai pas non plus demandé d'entrer dans les détails, répliqua-t-elle.

— Je ne fais que répondre à ta question !

Je vis qu'elle tentait de dissimuler un sourire.

— Sérieusement, je peux te la confier ?

— Ouais, ouais, dit-elle en se redressant dans le canapé. Par contre, ton thé, je ne le boirai pas.

Je partis dans la salle de bains, fermai la porte derrière moi, baissai mon pantalon et m'assis sur les toilettes. Le rideau blanc au crochet que ma mère nous avait confectionné était gorgé de lumière. Une ombre ressemblant à un long cou surmonté d'une petite tête se balançait imperceptiblement dessus tandis que mon jet d'urine giclait sur la faïence et coulait dans l'eau au fond de la cuvette. Le rideau donnait l'impression d'absorber totalement les rayons du soleil, car la lumière blanche semblait venir directement du tissu, comme s'il était illuminé. Tous les objets dans la pièce, à l'instar des deux gros savons posés sur l'étagère sous la table à langer, à portée de main de la personne assise dans la baignoire, l'un bleu clair, presque turquoise, l'autre couleur sable avec le nom du fabricant encore gravé dessus, ou encore de la petite pile de gants de toilette à côté, formaient des entités distinctes les unes des autres, sans lien avec la lumière, si discrète et si uniformément répartie dans la pièce qu'elle paraissait invisible, bien qu'elle mette tout en relief. Les bouteilles de shampoing et d'après-shampoing en plastique blanc surmontées d'un bouchon vert, le gros sac de plastique bleu rempli de couches, les brosses à dents dans le gobelet sur le lavabo, rouge, blanche, jaune, verte, bleue. Non seulement ces choses se trouvaient dans la pièce, mais elles la constituaient. Il est tellement simple d'imaginer qu'une pièce est en réalité un cube vide que l'on a rempli d'objets, mais une telle pièce n'existe que dans notre esprit, elle correspond à notre façon de penser. Tous les peintres le savent, c'est pourquoi ils commencent par apprendre à dessiner non pas les objets, mais le vide entre chacun d'entre eux. À appréhender l'espace autrement. Même la salle de bains, un lieu particulièrement intime que l'on fréquente plusieurs fois par jour, se doit de correspondre à une certaine image de la réalité et pour peu que l'on s'efforce de s'affranchir de cette image, elle peut prendre un caractère non pas sauvage, mais tout au moins chaotique, en devenant un monstrueux entassement de formes, de figures, de couleurs, de surfaces.

Mais pourquoi le ferait-on ?

Je contractai les muscles du ventre et je sentis les excréments glisser dans mon rectum, où ils s'étaient accumulés au fur et à mesure de la digestion, un peu comme dans une saucisse que l'on bourre, puis être expulsés par l'anus.

Le plus bestial dans tout cela n'était pas tant la légère bouffée de satisfaction que j'en éprouvai que le fait que j'en apprécie l'odeur. Que nos propres excréments sentent bon alors que ceux des autres empestent m'a toujours semblé être un phénomène quelque peu primitif.

Je me redressai, arrachai un morceau de papier et m'essuyai. Au moment où je m'apprêtais à le jeter dans la cuvette avant de tirer la chasse d'eau, je découvris qu'il était couvert de sang.

Il y avait des traînées rouge clair le long de la faïence blanche, alors que le sang au fond de la cuvette était de couleur plus foncée, comme s'il pesait plus lourd.

Du sang ? Et autant ?

Dans mon esprit, sang égale danger. Je pris peur.

Oh, et puis il arriverait ce qu'il arriverait, me dis-je.

Cette pensée me rassura.

Je jetai un bref coup d'œil autour de moi, même si je savais qu'il n'y avait personne d'autre dans la pièce, avant de presser le bouton sur le réservoir. L'eau transparente afflua sur les côtés et emporta le fluide rougi dans la pipe d'évacuation. Je remontai mon pantalon, me lavai les mains au robinet, les essuyai sur la serviette suspendue à côté. J'ai probablement des hémorroïdes, c'est tout, pensai-je, vu que je passais mes journées assis, et ce depuis de nombreuses années. Il n'y avait aucune raison de s'inquiéter.

Mais mon grand-père paternel n'était-il pas mort d'une hémorragie interne ? Il avait pris ça pour des hémorroïdes et n'était pas allé chez le médecin, et un jour grand-mère l'avait découvert sur le sol de la salle de bains. En arrivant à l'hôpital, il apparut qu'il avait perdu beaucoup de sang.

Mais était-ce la cause de sa mort ?

Non, il avait vécu encore un moment après ça.

De quoi était-il mort dans ce cas ?

Me revint alors ce que grand-mère avait dit en nous racontant les événements. Il gisait sur le sol de la salle de bains, sa vie ne tenait plus qu'à un fil. Ils attendaient l'ambulance quand il avait saisi ses mains et lui avait promis qu'ils partiraient en voyage dans le Sud. Peut-être cherchait-il à la consoler, à lui donner du courage dans ce grand moment d'incertitude, et peut-être lui serra-t-elle la main en lui répondant que oui, ils partiraient dans le Sud. Mais à nous, à mon frère et moi, elle dit en riant que c'était sans doute vers un endroit plus chaud que la Méditerranée qu'il risquait de partir.

C'était bien vu, et je suis sûr d'avoir souri, mais intérieurement sa remarque me glaça.

J'ouvris la porte et retournai dans la salle à manger, où ta sœur aînée était attablée devant une tartine à moitié entamée.

— Ce n'est pas trop tôt ! s'exclama-t-elle.

— C'est toi qui es en retard, pas moi. Il faut que tu t'habilles maintenant si tu ne veux pas rater le car.

— Elle ne s'est pas réveillée, dit-elle.

— Ça lui fait du bien de dormir dehors.

— Pourquoi ?

— L'air frais. C'est sain. Merci de l'avoir surveillée.

Je sortis le portable de ma poche pour regarder l'heure.

— Il reste onze minutes avant le départ du car, annonçai-je.

— Mais je n'ai pas fini de manger !

— Prends ta tartine avec toi. Allez !

Elle sembla sur le point de protester, puis elle se ravisa. Elle se leva, partit dans la salle de bains et ferma la porte derrière elle.

Je m'assis à la table. Le landau à l'extérieur baignait dans la lumière, le métal de la poignée scintillait, mais ton visage demeurait à l'ombre et, bien que tu aies l'air d'un bulbe avec le bonnet blanc qui enveloppait ta tête, il émanait de toi une certaine dignité quand tu dormais, quelque chose de presque majestueux : le monde semblait t'appartenir.

Ce qui était le cas, au fond.

Je ressentis une brève pointe de joie et me levai, empilai les assiettes, les emportai dans la cuisine et remplis le lave-vaisselle. Il faudrait que j'aille chez le médecin, pensai-je en regardant le jardin par la fenêtre, l'herbe encore vert pâle, les fleurs bleues éparses et resplendissantes sous le pommier. Mais cela faisait partie des idées que je ne mettais jamais à exécution. Je trouvais gênant d'aller voir un médecin pour m'entendre dire que tout allait bien.

La porte s'ouvrit et ta sœur sortit de la salle de bains, la brosse encore dans les cheveux.

— On y va, déclarai-je en regardant l'heure.

Le car partait dans sept minutes.

Ta sœur aînée a toujours été une véritable éponge qui absorbe tout ce qui se passe autour d'elle, même à ton âge. À l'époque déjà, je me demandais si cette grande réceptivité était due à un excès de sensibilité, à une réceptivité plus développée que la normale, ou au contraire si elle se manifestait parce qu'il lui manquait cette chose qui permet à la plupart des gens de maintenir le monde à distance. Bébé, après une journée riche en événements ou une promenade en ville particulièrement longue, il lui arrivait de se mettre à pleurer en rentrant à la maison, parfois sans pouvoir s'arrêter. Ou alors, mais là elle était un peu plus vieille, de faire mine de dormir dans sa poussette quand nous rencontrions quelqu'un de notre connaissance, ou de se cacher quand nous recevions une visite à la maison. C'était sa façon à elle de contrer les événements.

Oh, l'existence n'est vraiment pas la même quand on est comme immunisé contre tout ce que le monde diffuse et quand on vit sans carapace, en absorbant tout. Être blindé permet d'être libre et de faire ce que l'on souhaite, comme on le souhaite. À cette époque, beaucoup d'enfants me paraissaient avoir une cuirasse qui les protégeait des émotions, si bien qu'ils ne percevaient rien des millions d'impressions, impulsions et volontés autour d'eux et, sans la moindre inhibition, cognaient leurs petites voitures sur le sol, couraient dans la maison en criant, ou habitaient l'espace avec un tel naturel qu'ils rayonnaient comme des petits soleils dans la pièce. Ton frère et tes sœurs se comportaient ainsi uniquement dans les endroits où ils se sentaient totalement en sécurité, où ils étaient déjà venus à de multiples reprises, où ils connaissaient tout le monde. Par conséquent, chez nous, nous nous appliquions surtout à respecter chaque jour une certaine routine, afin de leur procurer un sentiment de stabilité et de sécurité.

Mais ce n'est pas pour rien que l'on parle de famille nucléaire. Quand ton frère et tes sœurs étaient dans ce que l'on appelle la phase d'opposition, celle où il est particulièrement important d'afficher une certaine stabilité et de se montrer cohérent face à l'enfant qui laisse libre cours à ses sentiments et cherche à s'affirmer, le moindre détail étant susceptible de devenir un obstacle insurmontable, ou un peu plus tard, lorsqu'ils ne contrôlaient plus leurs émotions, nous n'étions pas à l'abri d'une réaction en chaîne, un heurt en entraînant un autre, et je finissais par exploser, avec une violence que je n'avais pas connue depuis ma propre enfance et qui pouvait aller jusqu'à me brouiller la vue. Il m'arrivait même de perdre mon sang-froid à l'extérieur, devant des gens n'appartenant pas au cercle familial. Ainsi, un jour, au beau milieu d'un centre commercial, je hurlai « MAINTENANT ÇA SUFFIT ! ÇA SUFFIT ! » à ta sœur aînée alors âgée de deux ans et demi peut-être, puis je la balançai sur mon épaule comme un sac et je sortis dans la rue avec elle qui criait et se débattait dans mon dos pendant que je bouillais intérieurement. Les gens nous observaient, bien sûr, mais leurs regards glissaient sur moi, j'étais parvenu à un point où je me fichais complètement des autres et de ce qu'ils pouvaient penser. Après, en revanche, que de regrets ! J'étais accablé ! S'il y avait bien une chose que je savais sur l'éducation des enfants, c'était l'extrême importance de la prédictibilité. Et que les premières années de la vie jouaient un rôle déterminant dans le développement de la personnalité. Qu'étais-je donc en train de faire ? Je ne me reconnaissais pas. Ma dernière colère remontait au début de ma vingtaine. Ma mère affirmait parfois que j'étais incapable d'exprimer ma colère, mais je pensais qu'elle le disait parce qu'elle souffrait du même problème – il est plus facile d'identifier chez les autres ce qui nous caractérise nous-mêmes. À mes yeux, j'étais quelqu'un de calme. Je ne me fâchais jamais contre qui que ce soit, même quand j'avais des raisons de me mettre en colère, quand on m'humiliait par exemple. Je ne m'emportais pas contre les autres parce que je retournais la culpabilité, la colère contre moi-même, non que je le veuille, mais parce que j'étais ainsi fait. Le soir, avant de m'endormir, mes réflexions débouchaient systématiquement soit sur quelque chose de honteux soit sur un fort sentiment de culpabilité, et quand mes cogitations s'arrêtaient là, mentalement, je me tirais une balle, avec le canon enfoncé dans la bouche ou pointé sur ma tempe ou mon front, avant d'essayer de penser à autre chose, mais cela se terminait de façon similaire, je finissais par me tirer une balle. C'était devenu tellement habituel que je ne le remarquais plus. Les premières fois, j'avais essayé d'y remédier, en vain : cette image était devenue un réflexe. Dans mon esprit, j'enfonçais le canon dans ma bouche, contre une de mes tempes ou mon front, je ne pouvais pas m'en empêcher. Je ne parvenais pas non plus à déplacer mon agressivité en la retournant contre les autres, il m'était impossible de diriger l'arme imaginaire vers une victime imaginaire, ça ne marchait pas, même en pensée, j'étais incapable de lever ne serait-ce qu'un doigt sur quelqu'un d'autre que moi. Et pourquoi agirais-je ainsi ? Ils ne m'avaient rien fait.

C'est pourquoi il était étrange à cette époque de sentir la colère affluer de nouveau dans mon corps, comme un vieil arbre mort qui sentirait soudain la sève remonter en lui. C'était tellement éloigné de celui que je pensais être. Étais-je cette personne ? La colère était-elle restée latente durant toutes ces années ? D'autres sentiments endormis se manifesteraient-ils le moment venu ? Étions-nous à la merci des circonstances ? Ces dernières révélaient-elles la vraie personne que nous étions ?

Je fus pris d'une telle colère un jour que je donnai un violent coup de poing sur l'accoudoir du fauteuil qui se cassa, sous le regard médusé de tes sœurs.

Depuis, je redoutais que cette scène les ait marquées, qu'elle ait entamé leur amour-propre ou leur confiance en elles. D'un autre côté, les années comptent beaucoup de jours et, la majeure partie du temps, notre quotidien se déroulait sans anicroche. Et un enfant en bas âge a besoin de tellement de choses d'ordre purement pratique – les repas, les changements de tenue, les promenades en plein air –, et puis il y avait la garderie, un lieu structuré lui aussi régi par des règles, le chaos intérieur était par conséquent contrebalancé par un équilibre extérieur, un système, un espace, un espoir, une lueur. Cela avait fonctionné, ton frère et tes sœurs avaient grandi, et je me plaisais à penser qu'ils menaient une vie ni pire ni meilleure que les autres enfants, car chaque famille a ses problèmes, c'était le cas de la mienne, c'est le cas de la tienne et de toutes celles que je connais : c'est inhérent à notre condition.

Mais peut-être n'étaient-ce que des excuses, des choses que je me disais pour me consoler. Car nous sommes ainsi faits, nous dissimulons nos défauts en inventant des histoires qui nous présentent sous un meilleur jour. L'aveuglement est peut-être ce qu'il y a de plus humain.

Avec les années, je compris aussi que, contrairement à ce que j'avais toujours imaginé, l'enfant n'était pas le seul à évoluer, il ne grandissait pas selon des conditions immuables, la relation parents-enfants était plus dynamique que cela : les parents changeaient eux aussi et l'enfant était en quelque sorte l'artisan de sa propre éducation. Et ce, parce que chacun de ses besoins appelait une réponse différente, les pensées et les actes des parents étaient alors comme une rivière qui s'adaptait au cours de l'enfant, en comblant les trous et en allant couler ailleurs quand le niveau d'eau était plus que suffisant.

Ta sœur aînée était fière et craintive, elle affichait un air crâne et avait toujours le dernier mot, elle était encore une enfant, mais avait l'ironie d'un adulte, ce qui l'aidait à maintenir le monde à distance. Si cette distance devenait trop grande, il fallait veiller à la réduire, et il en allait de même de son besoin de se sentir en sécurité car si, pour y répondre, elle en venait à éviter systématiquement les défis, à leur tourner le dos, il l'empêcherait de s'épanouir. Tout cela ne s'est bien sûr pas fait en un jour, mais rien n'était planifié, c'est au travers de milliers de petits ajustements quotidiens pour que tout se déroule le plus simplement et aisément possible que des schémas se créèrent, des ornières, des manières d'être, aussi bien chez les enfants que les parents.

Sauf cette année, où tout ne fut qu'une question de survie.

Je poussai le landau jusqu'à la voiture, te soulevai, tu ouvris les yeux mais sans pleurer, tu ne pleurais presque jamais, tu te contentais de regarder devant toi, comme si tu t'imprégnais de ce qui t'entourait, en te disant « Je suis donc ici maintenant ». Je fis coulisser la portière, m'appuyai d'une main au véhicule en te tenant fermement de l'autre et grimpai à l'intérieur, où je t'installai avec précaution dans le siège bébé avant de t'attacher. Je repliai ensuite le landau et le mis dans le coffre, puis je courus chercher dans l'entrée le sac que j'avais préparé avec les couches, les lingettes, un change et du lait, alors que ta sœur se dirigeait vers la voiture, sa sacoche à la main. Dans son monde, les sacs à dos étaient dépassés : tous ses camarades avaient une sacoche, avait-elle dit, et nous lui en avions acheté une.

Je démarrai, il restait trois minutes avant le passage du car.

— Ça va le faire ? demanda ta sœur.

— On va voir, répondis-je. Je me penchai vers l'avant pour regarder si des voitures arrivaient derrière la haie alors que je quittais l'allée en roulant au pas, les graviers crissant sous les pneus.

Dans les champs, les pales des éoliennes tournaient lentement sous l'immense ciel bleu clair.

J'accélérai jusqu'au carrefour où je mis mon clignotant à gauche, je regardai d'un côté, puis de l'autre, personne, je tournai dans la rue du centre culturel et de la caserne des pompiers, longeai de bout en bout la mystérieuse propriété mal entretenue et son terrain spongieux, passai devant ses grands arbres dont les branches au feuillage encore clairsemé, où nichaient quantité de choucas la nuit, se dressaient vers le ciel. Au carrefour avec la grande route, de nouveau je ralentis.

— Tu nous accompagnes ce soir à la nuit de Walpurgis ? demandai-je.

— Aller voir un feu de joie ? Non merci.

— Ça te plaisait quand tu étais petite, non ? dis-je en m'engageant sur la route.

— Tu trouves que j'ai encore l'air d'une gamine ?

— Pas vraiment.

— Bien vu, dit-elle en regardant par la fenêtre. Le trottoir était jonché de feuilles tombées durant l'automne, des sortes de galettes brunes et visqueuses qui détonnaient parmi les jeunes pousses vert clair qui avaient commencé à éclore au-dessus d'elles.

Elle me regarda.

— Tu viens me chercher à quelle heure ?

— Je ne sais pas, dis-je. Pas super tôt, en tout cas.

— À quatorze heures ?

— Ha ! Ha !

— Quinze heures alors.

— On verra.

Au bout de la grande haie, de nouveau, je tournai à gauche. Il restait une minute avant le départ du car, mais elle l'aurait sans problème, car nous l'apercevions au bout de la rue, devant la garderie, avec ses feux clignotants et une longue file d'enfants qui attendaient de monter à bord.

— Rendez-vous à quinze heures, donc ?

— Je ne te promets rien, répondis-je.

— Si, répliqua-t-elle.

La rangée de maisons de plain-pied aux briques marron-jaune défila sous nos yeux, chacune possédait un petit jardin qui brillait d'un éclat verdâtre dans la lumière du soleil ; çà et là, le métal et les carreaux scintillaient. Enfin, j'arrivai sur le parking où je fis demi-tour et m'arrêtai juste devant la file d'enfants qui diminua rapidement dès lors qu'ils commencèrent à monter un par un à bord.

Ta sœur ouvrit la portière.

— À quinze heures, dit-elle.

— Passe une bonne journée ! répondis-je.

— Papa ! À quinze heures !

— J'essaierai, dis-je et je la regardai marcher d'un pas rapide vers le car et se poster au bout de la file, où elle dépassait les autres d'une tête.

Je sortis mon portable et l'allumai. J'avais un message, un voisin me proposait de passer boire un café. « J'arrive dans cinq minutes », répondis-je et quand le bus démarra, lourd et poussif, tel un vieil animal corpulent, je rangeai le téléphone dans ma poche, passai la première et repartis sur la route.

— Ça va, derrière ? demandai-je à voix haute en jetant un coup d'œil dans le rétroviseur, même si je ne voyais que l'arrière du siège auto dans lequel tu étais recroquevillée dans une position que l'on pourrait qualifier de bananesque et où ta tête n'atteignait pas le bord.

Tu ne répondis pas à ma question, ne serait-ce que par un gazouillis ou un autre de ces nombreux petits bruits auxquels tu nous avais habitués. Tu regardais sans doute le ciel, les arbres le long de la route et le toit des maisons, imaginai-je, ainsi que le haut de la petite côte au bas de laquelle nous nous trouvions désormais, et les voitures à cet endroit. Tout glissait en toi, mais peut-être essayais-tu en ton for intérieur de distinguer ces impressions les unes des autres, plus que je ne le faisais avec mes pensées. Peut-être une vague de joie déferlait-elle en toi quand tu regardais le ciel, parce que tu le reconnaissais et cette familiarité était une sensation agréable.

Oh, le ciel ! Oh, le soleil ! Oh, le pré vert !
Oh, toi, adorable et innocente enfant !

Je passai devant le magasin, encore fermé à cette heure mais où il suffisait de frapper pour que l'on vous ouvre quand on arrivait trop tôt ou trop tard, puis devant l'ancien garage automobile ; en face du restaurant thaï, je tournai à gauche, remontai la rue bordée d'un côté par le stade et de l'autre par la longue rangée de maisons qui marquait la fin du grand lotissement où vivait la majeure partie de la population du village. Le voisin chez qui nous nous rendions habitait entre deux bourgs, dans une ancienne ferme au milieu des champs. À l'origine, celle-ci appartenait à l'Église qui, de toute évidence, avait été un grand propriétaire terrien dans la région. On y accédait par un long chemin gravillonné truffé de nids-de-poule ; en hiver et en automne, ceux-ci étaient le plus souvent remplis d'eau, mais à présent, après plusieurs semaines sans pluie, ils ressemblaient davantage à des petits cratères gris.

— Tu ne te serais pas endormie, par hasard ? demandai-je en roulant complètement à droite du chemin alors que nous longions les champs par endroits verts, là où le blé commençait à germer, et par endroits marron, là où la terre venait d'être labourée.

Le voisin se tenait sur le pas de sa porte quand je m'engageai dans le passage relativement étroit entre les bâtisses et pénétrai dans la cour. Je contournai le petit arbre récemment planté au milieu de celle-ci et me garai.

— Comment va ? demanda-t-il quand je descendis de voiture.

— Plutôt bien. Et toi ?

— On fait aller. Je t'offre un café ?

— Volontiers.

Je regardai par la vitre arrière pour voir si tu dormais. C'était bien le cas.

Il avait emménagé ici un an et demi auparavant, avec sa compagne et leur fils qui était devenu le meilleur copain de ton frère et, quand je le conduisais ici, on m'invitait toujours à boire un café dans la cuisine. Il était documentariste, écrivait des livres et avait travaillé comme journaliste pendant de nombreuses années. Il était de nature plutôt sympathique et avait la bougeotte, c'était à se demander s'il y avait encore des endroits au monde où il n'avait pas traîné ses guêtres. Sa compagne était une artiste qui travaillait alors sur un documentaire consacré à sa grand-mère. Un soir après la guerre, dans une maison à Bromma, en périphérie de Stockholm, celle-ci avait abattu deux de ses enfants avant de mettre fin à ses jours. Son père avait grandi dans l'ombre de cet événement et, à travers lui, elle aussi, je suppose.

— Il fait beau aujourd'hui, dit-il. On se croirait presque en été.

— Oui.

Je levai les yeux vers lui alors que, au-dessus de moi sur les marches du perron, il tendait son visage vers le soleil. Il avait un foulard élégant noué autour du cou, un pull fin bordeaux et un pantalon de costume marron foncé trop large ; chez lui, l'élégant côtoyait l'élimé, et il en allait de même du dos droit et du corps affaissé, de la détermination et de l'hésitation, de l'enjouement et de l'inquiétude. Quand il se tenait ainsi sur les marches, droit comme un I et la tête levée vers le soleil, il émanait de lui une sorte de douce autorité naturelle, tandis que dans la cuisine, quand il préparait le café, son langage corporel exprimait plutôt l'incertitude, la fragilité, avec sa nuque courbée, son dos voûté, ses mains qui dévissaient la cafetière avec lenteur et hésitation, comme s'il se rappelait à peine comment faire.

Tu ignores ce qu'est la personnalité et je suis moi-même incapable de t'en donner une définition exacte, car c'est un phénomène étrange. Disons qu'il s'agit de la somme de tous les traits de caractère d'un individu, l'ensemble qu'ils forment et auquel les gens identifient cette personne quand ils la rencontrent ou songent à elle. La personnalité existe en chacun d'entre nous sous forme de pensées, sentiments et désirs, des éléments qui au départ n'ont rien d'abstrait, bien au contraire, puisqu'ils se fondent sur une chose infiniment concrète, à savoir les traces engendrées par les réactions du cerveau quand les différentes cellules communiquent entre elles. Les désirs d'une personne peuvent changer radicalement, il suffit pour cela que quelques cellules saines disparaissent lors d'une opération du cerveau, par exemple, ou d'une lésion cérébrale. Il en va de même pour les traits de caractère : un individu autrefois calme et modeste peut devenir irascible et impoli ; un individu attentionné, égoïste ; un individu prude, vulgaire. Cette métamorphose, les personnes de son entourage proche la remarquent aussitôt, mais pas l'individu concerné, car, n'ayant pas accès à sa personnalité antérieure, il ou elle ne disposera d'aucun élément de comparaison. Le plus effrayant peut-être dans tout cela, c'est le caractère en apparence totalement arbitraire de la chose : quoi qu'il advienne, on est soi-même et on vit sa vie, même si, subitement, on le fait avec une personnalité complètement différente.

Mais qu'est-ce que la personnalité ? Est-ce une sorte de bac dans lequel vit le moi, un récipient plein de cloisons et de trappes que le moi remplit et dont il ne sort jamais, jusqu'au jour où un accident ou une maladie modifie ces différentes parois, obligeant le moi à s'adapter, à prendre une nouvelle forme ?

Puisqu'il est possible, dans une certaine mesure, de contrôler les pensées, les sentiments et la volonté, voire de les diriger, on peut s'étonner qu'une personnalité demeure en apparence aussi stable, aussi homogène et prévisible tout au long d'une vie. De ne pas voir plus souvent des gens que l'on connaît déraper, dire ou faire des choses qui nous prennent totalement au dépourvu, auxquelles on ne se serait jamais attendu de leur part. Il est en outre étonnant que nos personnalités se distinguent suffisamment peu les unes des autres pour que nous ne soyons pas inquiets à l'idée de rencontrer des gens pour la première fois et de ce qu'ils pourraient trouver à dire ou faire, car nous escomptons toujours qu'ils sont plus ou moins comme nous.

Ainsi en est-il sans doute parce que nous sommes façonnés par l'image que nous renvoient les autres, sans en avoir conscience : ne possédant qu'une seule personnalité, celle-ci exerce en chacun d'entre nous un pouvoir absolu, et cette suprématie, cette position souveraine nous empêche de voir jusqu'à quel point notre moi est façonné par celui des autres, que nous sommes en réalité semblables à une nuée d'oiseaux, une meute de loups ou une tribu de singes.

Imaginons que la personnalité résulte d'un schéma de réactions précis dans le cerveau et qu'il soit possible de décalquer ces schémas. Peut-être découvririons-nous qu'ils s'apparentent aux arbres, avec des éléments communs – un tronc, des branches, une cime, une écorce, des feuilles – mais une forme propre à chacun en fonction de l'environnement dans lequel il pousse – la composition du sol, l'exposition ou non à la lumière et au vent –, certains ayant des branches qui pointent vers le haut, d'autres vers le bas, un tronc tordu ou droit ; des différences qui ne les empêchent pas de se ressembler, de constituer une forêt. C'est l'image qu'emploie

Bazarov pour parler des hommes, il les compare aux arbres d'une forêt ; selon lui, nous sommes tellement similaires que nos différences individuelles sont insignifiantes. Un cœur est un cœur ; un cerveau, un cerveau ; une bouche, une bouche.

Mais tu ne sais pas non plus qui est Bazarov !

C'est un personnage du roman *Pères et Fils*, de l'écrivain russe Tourgueniev, qui a fini par devenir l'incarnation même du nihilisme. En réalité, c'est un matérialiste et un réaliste – seul ce qui peut se mesurer et se compter a de la valeur – ainsi qu'un cynique, sa meilleure réplique dans le livre étant : « Je ne regarde le ciel que quand je veux éternuer. » Dans *Pères et Fils*, le cynisme, qui ne reconnaît que ce qui est tangible, vole en éclats quand Bazarov fait l'expérience de cette chose non tangible mais non moins réelle qui l'emporte sur le libre arbitre, soit l'amour, qui dans son cas tourne à l'obsession. La femme qu'il veut, Anna Odintsova, n'a jamais aimé personne et le repousse. Cette scène dans le roman est étrange. Ils se trouvent dans sa chambre à elle au premier étage, il fait nuit dehors et la pièce baigne dans l'obscurité, mais il y a de l'électricité dans l'air. Étrange car de toute évidence c'est d'amour qu'il s'agit, mais celui-ci ayant éclos entre deux personnes qui en sont dépourvues, ce sentiment apparaît comme une chose bizarre, presque inhumaine, qui les envahit sans qu'ils sachent comment réagir.

Mais qu'est-ce que l'amour quand il s'impose

contre notre gré ? Quand il n'est pas souhaité mais n'en prend pas moins le dessus ? Provient-il d'un endroit qui surplombe la personnalité, comme le vent qui souffle sur l'arbre et fait courber ses branches ? Ou bien surgit-il seulement d'un endroit extérieur à notre conscience ? Car la conscience peut être dirigée, elle peut être modelée selon des idéaux et des principes, en fonction de ce qui nous arrange. Les sentiments en revanche ne peuvent être contrôlés, en tout cas pas les plus puissants, mais on peut les expliquer de la façon qui nous arrange.

Après avoir été terrassé par l'amour et éconduit, Bazarov retourne chez ses parents. Ceux-ci, s'avère-t-il, aiment leur fils unique de tout leur cœur et de toute leur âme. Cet amour total, qui ressemble à de l'adoration et qui accepte tout, même le rejet, est présenté comme bon, tandis que le rejet de cet amour par Bazarov est présenté comme une marque d'insensibilité. Et le passage racontant comment il blesse ses bons et charmants parents qui voient en lui le centre du monde, est véritablement déchirant. Bazarov est-il pour autant une mauvaise personne ?

Qu'est-ce qu'une mauvaise personne ?

Suis-je une mauvaise personne ?

Mon père était-il une mauvaise personne ?

Ma grand-mère paternelle était-elle une mauvaise personne ?

Tourgueniev situe son roman pile à la croisée de ce qui est contrôlable en nous et ce qui ne l'est pas, et même si Bazarov, jeune et inexpérimenté, a opté pour le cynisme et la désillusion, il n'a pas choisi les forces qui motivent ses choix. L'amour de ses parents l'étouffe, et pour une personne qui grandit entourée d'un tel amour, il s'agira avant tout de lui résister, afin de s'affirmer et devenir soi. Rompre les liens, tourner le dos, rejeter. Il n'en faut pas beaucoup dans ces conditions pour considérer n'importe quel sentiment avec suspicion, y compris les siens.

Est-ce aussi simple que cela ? La cruauté vient-elle vraiment d'un excès ou d'un manque d'amour ?

Dans un roman, peut-être, car les romans sont écrits pour mettre en lumière certains aspects de notre vie, pour qu'une chose existante mais éventuellement informe prenne corps et devienne visible.

Mais la vie n'est pas aussi définie.

Quelle était ta personnalité ? Personne encore ne le savait, toi y compris, mais certains traits avaient commencé à apparaître : ton calme, par exemple, ta robustesse, ta jovialité.

Le voisin, lui, fêterait bientôt ses soixante printemps et il ne tenait pas en place. Il ne semblait pas spécialement robuste, en revanche, mais il était fuyant, ce qui lui permettait peut-être de compenser son manque de vigueur, et même s'il émanait de lui une certaine douceur, j'avais le sentiment que, poussé dans ses retranchements, il se révélerait dur et impitoyable. J'ignore d'où me venait cet a priori. Avec moi, il s'était toujours montré sympathique. Il était sensible aux autres, comme certains arbres sont particulièrement sensibles au vent, et curieux, même si sa curiosité était peut-être plus tournée vers les phénomènes et les événements que vers les gens eux-mêmes, dans le sens où ils le touchaient moins. Le plus évident chez lui était néanmoins son apparent besoin d'être entouré, il ne supportait pas de rester seul longtemps. Il parcourait volontiers les trois kilomètres jusque chez moi pour se faire offrir une tasse de café et discuter un moment, sans que les propos échangés soient nécessairement d'un grand intérêt, et sans qu'il requière ou attende de son interlocuteur une réelle complicité ; il souhaitait juste, semblait-il, avoir quelqu'un à qui parler. Peu importe qui, serais-je tenté de dire.

À présent, il se tenait devant moi et je ne voyais que son dos. Il versa plusieurs cuillers de café dans le filtre, vissa la partie supérieure de la cafetière, la posa sur la plaque et alluma la cuisinière. Je me retournai pour regarder par la fenêtre et vérifier que tu dormais toujours à l'arrière de la voiture.

— La Russie est active ces derniers temps, dit-il en s'asseyant de l'autre côté de la grande table en bois.

Ce qui devait être les restes du dîner de la veille traînait encore : trois assiettes couvertes de sauce séchée, deux casseroles, des verres à moitié remplis d'une eau stagnante presque grise. De la vaisselle sale s'accumulait aussi sur l'autre partie du plan de travail. L'esprit général de la maisonnée était de toute évidence très antibourgeois et garder un intérieur propre et bien rangé ne faisait manifestement pas partie de leurs priorités, d'où un bazar sans nom dans toutes les pièces. C'était pareil chez nous, mais je culpabilisais et essayais de lutter contre, or j'avais l'impression que ce n'était pas son cas.

— À quoi tu penses ? demandai-je.

— À tous ces vols. Ils ont commencé à violer l'espace aérien de la Suède.

— Et de la Norvège, ajoutai-je.

— L'ours s'agite, dit-il. C'est intéressant.

Je sortis mes cigarettes et en allumai une, puis, remarquant ses coups d'œil sur le paquet, je le lui tendis.

— Oh, je peux bien m'en fumer une petite, dit-il.

Il alluma la cigarette en la tétant, comme s'il s'agissait d'un cigare, les bras serrés contre son corps penché vers l'avant, mais une fois son objectif atteint, il se laissa retomber contre le dossier de sa chaise et déploya le bras qui tenait la cigarette fumante dans un grand geste, tel un homme du monde.

— L'UE n'aurait jamais dû essayer de se rapprocher de l'Ukraine, dit-il. Il faut vraiment ne pas connaître grand-chose à la Russie et à son histoire pour agir ainsi.

— Que veux-tu dire ?

— Kiev était autrefois la première grande ville

de ce qui devint l'Empire russe, au début du Moyen Âge, quand Moscou n'était encore qu'un village. L'Ukraine et la Russie sont un peu des jumelles. Ou en tout cas des parents proches. Elles vont de pair. C'est en tout cas comme ça que les Russes voient les choses.

— Ouais.

— En Russie, l'élément de cohésion, ça toujours été l'État, pas la culture, or l'État a toujours été expansionniste. Aucun autre pays au monde n'a eu de frontières aussi mouvantes que la Russie à travers son histoire. L'Ukraine s'est trouvée à l'intérieur ou l'extérieur de celles-ci un nombre incalculable de fois. L'idée même de la Russie est impérialiste.

— Je ne connais pratiquement rien de l'histoire russe, avouai-je. Mais je viens juste de lire un roman de Tourgueniev, *Fumée.* C'est horriblement mélodramatique, mais à part ça, on y parle de la Russie, de l'esprit russe et du rapport à l'Europe. Je crois que le récit se déroule vers 1850. Mais il pourrait se dérouler aujourd'hui.

— Exactement, répliqua-t-il en se levant, la cigarette toujours à la main.

Il se dirigea vers la cuisinière en la tenant en l'air et pressa la cafetière contre la plaque. L'eau commençait à frémir.

— T'as le temps ? demanda-t-il.

— Pas vraiment. Je dois me rendre à Helsingborg.

— Comment va-t-elle ?

— Plutôt bien. Elle ne devrait pas tarder à rentrer.

Je me retournai et regardai de nouveau par la fenêtre. Tu étais réveillée et tu pleurais.

Je me levai.

— Elle s'est réveillée, annonçai-je.

— Ah bon.

— Je vais la chercher.

— Vas-y.

Tu pleurais encore quand j'ouvris la portière et grimpai dans la voiture. Je détachai la ceinture de sécurité et te pressai contre ma poitrine pendant que je sortais le carton de lait et le biberon. Un peu stressé par la puissance de ta colère, je dévissai le bouchon d'une main, en te tenant de l'autre, versai avec précaution le lait, revissai la tétine et t'emportai dans la cuisine, où je t'assis sur mes genoux, la tête au creux de mon bras, puis j'enfonçai le biberon dans ta bouche. Aussitôt, tes pleurs cessèrent et tu te mis à téter. Je défis le nœud sous ton menton et enlevai ton bonnet, passai la main dans ta chevelure clairsemée blond roux : ton crâne était encore d'une incroyable souplesse. Le voisin posa une tasse devant moi et me servit un café.

— De toute évidence, elle avait faim, constata-t-il.

— Il semblerait, dis-je, et je levai la tasse de café en arquant mon bras autour de ton visage pendant que tu tétais le biberon avec l'énergie et l'avidité d'un agneau.

Un grondement sourd et lointain retentit à l'extérieur. Puis un autre.

— Ils s'entraînent ? demandai-je.

— Oui. Ils ont sans doute un peu peur, dit-il en souriant.

L'armée suédoise avait un champ de tir près de Kabusa, sur les collines en bord de mer. Hors des séances d'entraînement, il était ouvert au public. Je m'y étais promené à plusieurs reprises, sur les sentiers qui descendaient jusqu'au rivage, une zone herbue battue par les vents qui, l'été, pouvait être d'une beauté presque insoutenable ; par les journées chaudes sans vent, quand le soleil déclinait à l'ouest, au-dessus d'une mer d'huile scintillante, les grands panneaux de métal criblés de balles qui se dressaient çà et là semblaient appartenir à une autre culture, encore plus lointaine que celle du cercle de pierres datant de l'époque viking qui se trouvait sur un plateau recouvert d'herbe à quelques kilomètres au nord.

Une nouvelle explosion retentit. Ce bruit beau et hypnotique semblait émaner d'une force somnambule, inhumaine, provenant des tréfonds de la Terre.

— Si les Russes décidaient de nous envahir, ce serait par ici qu'ils passeraient, dit-il.

— Ce serait intéressant. Ça pimenterait un peu le quotidien.

Nous avions un ami commun dans le village, il était écrivain et sociologue : un jour, à son retour d'une mission de terrain en Afghanistan, il avait déboulé à toute allure sur le sentier gravillonné au volant de sa Saab, était entré dans la cuisine où nous étions assis et avait déclaré plusieurs fois, avec une conviction que seules les révélations soudaines peuvent apporter, que nous habitions un paradis. Que tout était absolument paradisiaque ici. Le paysage, les gens, même le système politique. Il voyait tout à la lumière de l'endroit qu'il avait sillonné les semaines précédentes, un pays ravagé par la guerre, pauvre, plongé dans le chaos.

Le voisin s'intéressait aussi à la guerre, mais sous un angle totalement différent : alors que notre ami commun portait sur celle-ci un regard humain et s'inquiétait de son impact sur les gens, lui s'intéressait davantage à l'aspect historique, il pouvait disserter avec érudition aussi bien sur les campagnes militaires suédoises au XVIIe siècle que sur le Blitzkrieg allemand à la fin des années trente, le tout agrémenté d'anecdotes et de faits surprenants. Souvent, il regardait des documentaires sur la Seconde Guerre mondiale avec son fils, et je remarquai que sa fascination avait même une influence grandissante sur le vocabulaire de ton frère, car malgré ses sept ans, et bien que nous n'ayons jamais parlé d'armes ensemble, des mots comme torpilles, sous-marins, avions de chasse, tanks et mitrailleuses surgissaient désormais dans nos conversations, des termes souvent accompagnés de noms et détails précis. Il regardait toujours, par ailleurs, si le drapeau rouge qui signalait la présence des militaires était hissé ou non quand nous passions en voiture devant le champ de tir.

En même temps, je ne pouvais imaginer homme plus pacifique que ce voisin, il détestait les conflits. À la différence de notre ami commun, il n'avait jamais mis les pieds en zone de guerre ; le plus près qu'il s'en était approché, c'était à travers le documentaire sur lequel il travaillait à ce moment-là, consacré à Ramstein, la gigantesque base aérienne américaine en Allemagne. J'en avais vu une ébauche : son film était profondément antimilitariste et condamnait la guerre.

Tu avais arrêté de téter. Je sortis le biberon de ta bouche et le posai sur la table pendant que, allongée dans mes bras, tu observais le plafond, avec ce regard qui ne s'arrêtait sur rien en particulier et paraissait ouvert à tout, un peu comme des fenêtres par lesquelles affluerait la lumière.

— Daaaaaaa, dis-tu.

Ton regard changea, il exprimait l'étonnement désormais, tu semblais te demander d'où venait le bruit.

— Bon, va falloir qu'on songe à bouger, dis-je. Ce n'est pas la porte à côté.

— Combien de temps mets-tu pour y aller ?

— Deux heures, dis-je en me levant avec toi dans les bras.

Il nous accompagna sur le perron et me regarda alors que je t'attachais dans ton siège.

— Bonne journée ! dis-je en refermant la

longue porte latérale coulissante, puis je m'installai au volant et démarrai.

Il resta sur le pas de sa porte pendant que je me faufilais entre les bâtisses et m'engageais sur le chemin à travers champs, où le ciel subitement me sembla plus haut tandis que le paysage s'ouvrait de part et d'autre.

Il aurait pu être un de ces petits propriétaires terriens dont regorge la littérature russe, pensai-je. Après avoir passé quelques décennies dans les bars et les restaurants de la capitale, à évoluer dans l'univers électrique des auteurs et personnalités célèbres du monde culturel de l'époque, où il était connu pour faire partie de ceux qui ne rentraient jamais chez eux, il avait fini, à l'approche de la soixantaine, par déménager à la campagne, sans trouver le repos pour autant – si c'était là ce qu'il cherchait – car à la moindre occasion il continuait à se rendre à Copenhague, Stockholm ou Berlin où, comme au bon vieux temps, il fréquentait les bars et les restaurants en compagnie de ses anciens amis qui, s'ils n'étaient pas déchus, ne jouissaient plus de la même aura qu'autrefois.

Je tournai à gauche au bout du sentier gravillonné et partis en direction d'Ingelstorp, pour changer. J'avais le soleil dans les yeux. J'abaissai le pare-soleil et sortis mes lunettes noires du petit boîtier sur le tableau de bord, puis les chaussai, tandis que de l'autre main je lâchai le volant pour passer la vitesse supérieure, car à cet endroit la route était une ligne droite.

— Qu'est-ce que tu veux écouter ? demandai-je à voix haute, surtout afin que tu comprennes que tu n'étais pas seule dans la voiture, pendant que j'ouvrais la boîte à gants côté passager et fouillais dans la pile de CD à l'intérieur. Je choisissais toujours les disques au hasard, pour ménager un effet de surprise, mais comme notre sélection n'avait guère changé en trois ans, l'effet de surprise avait déjà disparu depuis belle lurette.

J'enfonçai le CD dans le lecteur, toujours sans regarder, et augmentai le volume.

London Calling.

Il y avait pire.

Je ralentis en arrivant au carrefour dans le centre du village avec, d'un côté de la route, la librairie d'occasion qui n'était plus ouverte qu'en été et, de l'autre, une sorte de grande salle communale qui avait les lettres FRÖYA gravées sur sa façade en brique. Sa construction semblait dater des années vingt, à l'époque où le monde norrois dégageait un parfum de nouveauté, de fraîcheur, rempli d'optimisme et de promesses futures, avant qu'il soit entraîné dans les ténèbres de la politique et perde toutes ses anciennes connotations.

Je me penchai vers l'avant pour voir si la voie était libre dans la rue de l'église. Elle l'était, mais au lieu de tourner à droite et de prendre le chemin le plus court, sur un coup de tête je continuai tout droit, entre la petite rangée de maisons disposées de telle façon qu'elles m'évoquaient toujours une cape qui couvrirait les épaules de l'église de ce minuscule village, puis au milieu des champs d'un vert tendre. Le soleil se reflétait dans le pare-brise et butait sur toutes les rayures faites cet hiver car j'avais été assez bête pour utiliser les boîtiers de CD comme grattoirs, je jetai de brefs regards sur la droite, où les champs s'étendaient jusqu'à la mer, tout en chantant avec la musique.

I have no fear, cause London is drowning, and I live by the river.

Un rapace planait à quelque quatre mètres au-dessus de la chaussée. Ses grandes ailes déployées paraissaient ternes dans la lumière du soleil et leur aspect laineux contrastait fortement avec le bec dur et jaune et la forme aérodynamique de son corps. Ces oiseaux se comptaient par centaines dans le coin. Quand j'allais à Malmö, il ne fallait pas beaucoup de temps pour que j'en voie un, survolant les courants atmosphériques, perché sur un poteau ou courbé sur un des nombreux animaux écrasés qui abondaient sur cette quatre-voies. Des blaireaux, des hérissons, des lapins, des chats, et même parfois des renards.

Les enfants les appelaient des *gamar*. J'ignorais leur nom en norvégien. Peut-être s'agissait-il d'autours des palombes ?

Il y en avait chez mes grands-parents maternels, tes arrière-grands-parents. Non que je les y aie jamais vus, mais grand-père – qui, à l'exception d'une couronne de cheveux blancs, était chauve – disait toujours que l'autour des palombes lui avait volé ses cheveux, propos souvent illustré par un geste de la main, ses doigts fendant l'air tel un oiseau aux serres tendues, s'emparant de la chevelure imaginaire et s'envolant avec. Longtemps, je l'ai cru. J'avais peur aussi pour les poules quand elles étaient dehors, à cause du nom de ces rapaces qui, en norvégien, signifie « voleur de poules ». Je craignais qu'ils fondent sur la basse-cour et en attrapent une.

Grand-mère et grand-père sont morts depuis plus de vingt ans, mais leur souvenir demeure net dans mon esprit. Pour toi, ils correspondront à de vagues personnages dans les ténèbres de l'histoire, tu es née un siècle après eux, et quand tu atteindras la vingtaine ils représenteront pour toi la même chose que les gens nés dans les années 1860 pour moi. Soit à peu près rien.

Seuls les vivants comptent.

Il en a toujours été ainsi et il en sera toujours ainsi. La vie se déchaîne dans les vivants, elle est tumultueuse, avec tous leurs états psychologiques et leurs humeurs, puis quand ils meurent, le tumulte en eux se tait, mais se perpétue chez leurs enfants, on comprend alors que ces turbulences étaient la chose la plus importante, la plus intéressante, que ces turbulences étaient la vie.

Quand tu auras mon âge, j'aurai plus de quatre-vingt-dix ans, et si je suis encore en vie je serai sur le départ, dans le sens où tout ce à quoi nous nous attachons, en lui accordant de l'importance – tant les choses que les événements ou les êtres humains –, me semblera de plus en plus lointain, et toi, ma puce, et la vie que tu mèneras – peut-être avec un mari, ou peut-être pas, peut-être avec des enfants, ou peut-être pas, peut-être avec un travail qui comptera beaucoup pour toi, ou peut-être pas – serez pour moi comme un train que l'on regarde passer dans la forêt au crépuscule, quand la pression de celui-ci soulève des tourbillons de neige et que la silhouette des wagons éclairés se détache avec netteté sur les arbres noirs et le ciel qui s'assombrit. Ce seront des gens comme moi, mais ce qu'ils font, ce qu'ils veulent, ce qu'ils pensent et ce qu'ils ressentent n'aura guère d'importance ; à peine apparus, ils s'évanouiront dans un flash et je lèverai les yeux vers les premières étoiles dont le faible éclat commencera à pointer dans le ciel.

Voilà les réflexions que peut nourrir un homme d'âge moyen roulant dans un paysage ensoleillé au printemps avec un bébé sur la banquette arrière, pensai-je. Au cœur du tumulte, alors que le moindre détail revêtait une importance non négligeable, alors que je sentais régulièrement monter en moi une grande inquiétude : de quoi notre avenir serait-il fait, et surtout le vôtre, les enfants ?

— Tout finira bien par s'arranger, tu ne crois pas ? dis-je à voix haute tout en rétrogradant alors que la route formait un S entre deux petits bâtiments ronds ; je n'avais aucune idée de ce à quoi ils pouvaient servir, je savais juste qu'ils faisaient partie d'une grande exploitation située environ un kilomètre plus loin, au bout d'une allée bordée d'arbres.

Une des camarades de classe de ta sœur aînée habitant dans cette ferme, je m'y étais rendu à plusieurs reprises. Ils avaient plein de moutons, de chevaux et d'immenses dépendances entre lesquelles poussaient de grands arbres, très vieux. Quelques décennies auparavant seulement, quantité de gens devaient travailler sur cette exploitation, il en était de même de la ferme derrière chez nous, qui employait les trois familles logeant alors dans notre maison. La mécanisation avait rendu leur présence superflue. Chaque fois que j'allais chez la camarade de ta sœur, j'étais frappé par la taille du lieu. Il était étrange de penser qu'une seule personne avait la responsabilité d'une telle structure, et notamment des champs qui s'étendaient à perte de vue.

Mais en quoi était-ce étrange ?

Ce sentiment n'avait aucune raison d'être, car l'important n'était pas le nombre de personnes qui accomplissaient une tâche, mais le fait qu'elle soit accomplie. J'avais un jour entendu dire que l'homme ne pouvait entretenir des relations qu'avec un certain nombre d'individus, qu'il existait une sorte de jauge humaine, qui se situait entre cent et deux cents personnes. Cette même jauge pouvait s'appliquer à des contextes d'une remarquable diversité. Ainsi en était-il par exemple des unités militaires qui se divisaient en équipes de cinq soldats, en pelotons de vingt-cinq hommes et en escadrons de cent combattants, mais aussi de notre monde contemporain et civil où chacun d'entre nous comptait une poignée d'amis vraiment intimes, une vingtaine de parents, collègues de travail ou connaissances proches et de cent à cent cinquante amis sur Facebook, ceux-ci constituant la limite externe de notre cercle social. À la campagne, les anciens villages avaient eux aussi souvent entre cent et cent cinquante habitants, et même en ville il était rare que l'on côtoie un nombre de gens supérieur à celui-ci. Peut-être existait-il un calibrage similaire pour tout, y compris dans le domaine agricole, un ratio que les machines avaient fait disparaître mais qui subsistait dans notre esprit et nous faisait dire que ce n'était pas bien, que nous allions trop loin.

Quelle pensée conservatrice ! Mais peut-être était-ce de là que venait ma résistance farouche et instinctive à l'égard de la mécanisation et de la technologisation de la vie, le sentiment que nous dépassions nos limites, que ces limites n'étaient pas arbitraires, ni même culturelles peut-être, mais inscrites en nous, de la même manière que nous distinguions notre droite de notre gauche et le dessus du dessous ?

Je sentais vraiment que ce n'était pas bien de transplanter des organes, de manipuler des gènes, de procéder à la fission des atomes, et je l'avais toujours senti, mais sans avoir jamais réussi à étayer cette conviction intime. C'était comme si l'argumentation, l'intellect, relevaient eux-mêmes de cette technologie, de cette mécanisation, comme s'ils représentaient tout ce qui en nous n'acceptait pas les limites, tendait vers ce qui nous dépassait, dans le but non seulement de le comprendre, mais aussi de le conquérir, tant et si bien que les sentiments, qui dépendaient du corps et voyaient le monde à l'échelle de celui-ci, ne faisaient pas le poids.

Non mais c'est vrai, merde, même Internet me paraissait fondamentalement problématique.

N'était-ce pas le cas ?

— On devrait se déplacer à cheval et en carriole ! dis-je tout haut, bien que tu te sois probablement rendormie, tout en ralentissant avant de prendre le virage raide et en regardant l'étang qui, un peu plus loin, scintillait dans la lumière du soleil. Il était, je pense, artificiel et de la taille d'un petit lac, il arrivait que les enfants aillent faire du bateau dessus.

De l'autre côté, au sommet d'une petite montée, le paysage soudain s'élargit, avec en face de nous la mer. C'est pour cette vue que j'avais fait ce détour. Non seulement elle était belle, mais elle vous prenait par surprise. N'empruntant pas souvent cet itinéraire, je découvrais mon environnement sous un autre jour, subitement il m'apparaissait comme un tout. Les deux chemins par lesquels j'avais l'habitude de passer définissaient tout ce que je voyais, les endroits me donnaient l'impression de faire partie de la route, d'en être indissociables, d'être isolés les uns des autres. Quand je choisissais un des autres itinéraires, je comprenais que le paysage formait un ensemble, que les fermes, les églises, les villages se trouvaient dans une même plaine. Il y avait la mer et les plages sur lesquelles elle venait s'écraser, il y avait la pente abrupte pareille à une falaise qui pressait les vents vers le haut, il y avait la légère pente qui redescendait vers la plaine qui, elle-même, s'étendait sur plusieurs kilomètres à l'intérieur des terres, jusqu'à ce que les forêts lui succèdent.

Lors des journées que nous avions passées seuls toi et moi ce printemps-là, je t'avais souvent emmenée te promener en voiture, tellement je trouvais vain de rester à la maison à me tourner les pouces pendant que ton frère et tes sœurs étaient à l'école, et tu appréciais, me semblait-il, de rester sur la banquette arrière et de regarder par la vitre, en tout cas tu n'as jamais bronché, et j'aimais conduire. En règle générale, nous levions le camp vers neuf heures et nous partions explorer les petites routes gravillonnées qui subsistent par endroits, sans autre but que de découvrir des choses que nous ne connaissions pas encore. Je glissais un CD dans le lecteur et je laissais mes pensées vagabonder, car parfois, c'est aussi simple que cela : les corps statiques engendrent des pensées statiques ; si le corps se met en mouvement, les pensées commencent elle aussi à bouger.

Ce n'était pas toujours le cas. L'été précédent, quand ta mère était hospitalisée à Malmö, je lui rendais visite chaque jour et, durant tout le trajet, je ruminais les mêmes pensées et je mettais le même disque, Queens of the Stone Age, si fort que ça m'écorchait les oreilles. C'était volontaire, car je souffrais intérieurement ; d'une certaine manière, la musique forte et agressive m'aidait à supporter la douleur, elle faisait en quelque sorte office de contre-pression.

Comme il était étrange alors de rentrer à la maison, après avoir roulé à tombeau ouvert pendant une heure sur la quatre-voies avec la musique à fond. Éteindre le lecteur, ralentir à vingt kilomètres heure et s'engager en roulant au pas dans la rue silencieuse, déserte et écrasée de soleil, longer les haies vertes, les maisons blanches chaulées, monter la côte herbue, se garer en marche arrière sur l'emplacement à côté de notre maison rouge, couper le moteur, ouvrir la portière, descendre et sentir l'air chaud se presser contre mon corps. Le silence des après-midi ensoleillés quand l'été touche à sa fin, les bruits qui le rompaient, j'avais l'impression que tout cela me parvenait de très loin, un peu comme dans un rêve, même les cris de nos enfants qui se baignaient dans la piscine gonflable en chahutant, comme si le ciel était trop profond, le monde trop vaste pour qu'une chose aussi ténue qu'une voix puisse y trouver prise. Le bruissement des feuillages quand soufflait la brise du large, les croassements des centaines de choucas qui venaient se percher dans les arbres de la ferme d'à côté, les voix assourdies des voisins et de leurs invités qui mangeaient dans leur jardin, les rires et le cliquetis des couverts contre les assiettes.

Dans le paysage immobile baigné de soleil, sous le ciel profond où tout était bleu et vert, à l'exception du jaune saturé des champs de blé, ces semaines d'été étaient paradisiaques. C'est l'unique mot qui me vient : paradisiaque. Nous prenions tous nos repas dehors, à l'ombre des pommiers, nous allions nous baigner sur les plages de plusieurs kilomètres de long, nous jouions au badminton, nous faisions des barbecues, ton frère, tes sœurs et moi, nous recevions des amis ; le soir, quand le soleil orange flamboyait au-dessus du toit de la maison d'été et que les ombres peu à peu s'allongeaient, nous restions assis pendant des heures autour de la grande table de jardin, jusqu'à ce que, dans l'obscurité, nos visages deviennent indistincts ; les enfants étaient alors au lit depuis longtemps.

Cette vie me paraissait impossible à raccorder avec celle de ta mère à l'hôpital et avec les visites que je lui rendais, son quotidien là-bas semblait appartenir à un autre monde, être une sorte de vie en contre-jour, une existence anémique et pâle, plus proche de la mort.

Mais elle te portait en son sein.

Et elle n'avait pas le droit de te perdre.

C'était là ma seule pensée.

DEUX

De plus en plus souvent, j'ai l'impression que nous vivons dans deux réalités, l'une physique, matérielle, biologique et chimique : c'est le monde des choses et des corps, que nous pourrions appeler réalité du premier degré ; l'autre, abstraite, immatérielle, liée à la parole et aux pensées : c'est le monde des relations sociales, que nous pourrions appeler réalité du second degré. La première réalité est régie par des lois immuables qui ne laissent aucune place au doute – l'eau gèle à partir d'une certaine température, la pomme se détache de la branche quand elle atteint un certain poids, sous l'effet du vent qui lui-même, pour cela, doit atteindre une certaine puissance, elle tombe par terre à une certaine vitesse et le choc provoqué par la chute sur le sol ramollit la chair sous la peau selon un certain processus –, tandis que l'autre réalité est relative et négociable. Tout cela serait facile à saisir si ces deux mondes existaient en parallèle, mais évidemment, il n'en est rien.

Ces deux mondes, en effet, s'amalgament : un seau rouge, par exemple, est un seau rouge en tant que tel – qui obéit aux lois physiques voulant par exemple qu'il fonde s'il est posé trop près d'un feu, selon des formes et des processus précis déterminés par les différents facteurs impliqués –, mais il représente aussi de multiples choses dans l'esprit de celui qui le contemple : un objet standardisé produit à la chaîne quand il se trouve sur le sol jonché de feuilles juste à côté d'un tas de terre fraîchement retournée dans le champ de patates, un objet dur et non biodégradable dans une nature par ailleurs souple et en constante mutation ; un récipient rouge rangé dans un coin de la cuisine et muni d'une anse pour transporter de l'eau ou ramasser des patates ou des pommes ; la lueur rouge d'une chose oubliée par quelqu'un dans ce fameux champ, où l'oubli lui-même est en réalité central puisqu'il en dit long sur la personne qui l'a laissé là, sur sa négligence et son manque d'attention ; un des nombreux objets chez mes parents, dont la seule vue m'évoquait irrémédiablement mon père et les années où nous avions vécu ensemble ; une surface rouge qui en fondant avait pris l'aspect d'un visage humain le jour où ma mère avait posé cet objet un peu trop près des flammes – oui, au fil des ans ce visage a supplanté le seau dans mon esprit, je ne vois plus que lui alors que, depuis trois décennies, il me tire la langue. Dire que ce simple récipient cylindrique en plastique rangé dans le placard à balais de ma mère était associé à autant de choses dans mon esprit et à autant de sentiments ! J'étais catapulté des années en arrière à la simple pensée de ce seau dans le crépuscule, à côté du terreau noir légèrement humide et sur les feuilles marron et jaune glissantes à travers lesquelles brillait par endroits l'herbe vert pâle, à l'orée de la forêt, ce mur d'arbres qui commençait là où finissait le champ de pommes de terre et qui à présent, alors que mon père déterrait les patates avec une fourche, s'était refermé en une obscurité épaisse qui donnait l'impression de ruisseler – c'est en tout cas l'image qui me venait, celle de la nuit qui s'écoulait entre les arbres et se répandait sur les champs où l'air encore limpide une demi-heure plus tôt devenait de plus en plus gris tandis que le silence lui aussi s'épaississait. Le seul bruit perceptible, à l'exception du frémissement presque inaudible qui parcourait par intermittence les arbres quand un souffle d'air se frayait un chemin à travers eux, était celui de la fourche qui s'enfonçait dans le sol, le léger tintement du métal dur qui glissait dans la terre plus meuble, la botte qui appuyait dessus, le cliquetis quand mon père retournait la terre, sa respiration. Ce seau brillant dans l'obscurité croissante avait contenu toutes sortes de choses – des crabes vivants dégoulinant encore d'eau salée ; des poissons morts, mous et souples, jusqu'à ce qu'un réflexe contracte leurs muscles et que leur queue batte deux ou trois fois dans ce mouvement étrange qui n'exprimait ni la vie ni la mort, mais un entre-deux, un mouvement rappelant ceux de l'eau et du vent ; des pommes, des poires, des prunes, des myrtilles, des framboises, des mûres, des prunelles ; des poubelles ; de l'eau propre ou sale ; des chiffons secs et mouillés ; des bouteilles de produits ménagers…

Mon identité, la personne que je suis à mes yeux, et le monde matériel s'entremêlent et il est impossible de dire où commence l'un et où se termine l'autre, alors que, d'une certaine manière, mon corps lui-même est une chose, il est aussi fini, aussi limité qu'elles, mais également aussi ouvert, car l'eau coule non seulement dans la terre, mais aussi dans ma gorge, et si l'air emplit tous les espaces, il emplit également mes poumons, sans parler de tous les végétaux et animaux que nous ingurgitons et que nous rejetons une fois absorbée l'intégralité des éléments dont nous avons besoin – et un jour, mon corps intégrera totalement le monde matériel, il deviendra une chose parmi d'autres, comme une feuille, un bâton, une motte d'herbe, et continuera à exister en tant qu'élément d'une réalité muette.

Toi aussi, mon enfant, tu es une chose, une petite créature souple dotée de quatre membres, biologiquement déterminée, avec un cœur qui battra un certain nombre de coups.

Quand ta vie a-t-elle débuté ?

Quand deux gamètes issues de deux corps différents s'unirent en une seule cellule qui elle-même commença à se diviser. Cet événement se produisit à un instant précis dans un endroit précis du monde. Mais au-delà de ce chapitre biologique silencieux et autonome, une autre histoire se déploie, sociale celle-ci, qui n'a ni début ni fin, et le début de ton histoire, ce qui allait devenir ta vie, pourrait tout aussi bien être le jour où naquit ta mère, ou celui de notre première rencontre par un après-midi ensoleillé de l'été 1999 sur une île suédoise à l'intérieur des terres, ou encore lorsque pour la première fois nous évoquâmes la possibilité d'avoir un autre enfant.

Cette conversation eut lieu en 2013, lorsque ta mère m'accompagna à Sydney, en Australie, où je devais participer à un festival littéraire. L'hôtel, tout comme les locaux où se déroulaient les festivités, se situait au bord de l'eau, dans ce qui était, je présume, un ancien entrepôt. Mon corps suivait le même rythme qu'à la maison et j'avais le sentiment qu'une bataille se livrait en lui : l'obscurité épaisse et pluvieuse derrière la fenêtre et le silence qui régnait dans les chambres et les couloirs indiquaient à l'évidence que nous étions la nuit, mais les structures plus profondes du cerveau persistaient à penser que c'était le jour et m'empêchaient de dormir. Complètement réveillé dans mon lit, je contemplais le plafond, ou bien, dans le fauteuil installé devant la baie vitrée coulissante, je regardais la terrasse et le chemin piétonnier derrière, avec en bordure de quai les lampadaires qui l'éclairaient et l'eau noire inerte qui s'étendait jusqu'à l'embarcadère suivant, une cinquantaine de mètres plus loin. La pluie, l'eau, la lumière qui luisait sur les bâtiments me rappelaient Bergen, et même si je savais que j'étais en Australie, de l'autre côté du globe, à Sydney, cette impression d'être à Bergen semblait l'emporter sur ma raison, si bien que dans mon esprit je me trouvais en Norvège. Alors que mon corps et mes sens se tiraient ainsi la bourre, hésitant entre le jour et la nuit, le printemps et l'automne, Bergen et Sydney, le passé et le présent, j'avais le sentiment que la réalité m'échappait, un peu comme si je marchais dans mon sommeil. Ce sentiment se renforçait encore en journée : même aux heures où le soleil brillait, où toutes les surfaces étaient illuminées et les couleurs vives, je ne parvenais pas à me défaire de l'impression que nous étions la nuit, qu'en réalité il faisait sombre. Je sentais l'obscurité dans la lumière, je sentais la nuit dans le jour, et le réflexe de dormir était si fort que ça ne ressemblait plus à de la fatigue, contre laquelle il est possible de lutter et de résister, mais m'apparaissait comme une chose à part, comme une force qui se tendrait en moi, un arc qui, si je me couchais, m'expédierait aussitôt dans le sommeil, telle une flèche.

Un jour, quand j'étais petit, en entrant dans le séjour de la maison où j'ai grandi, je trouvai le téléviseur allumé. Il n'y avait personne dans la pièce. Je jetai un œil sur l'écran : un individu sans tête y montait un escalier. Ce devait être en matinée, car je me souviens que, dehors, le soleil brillait sur un paysage automnal humide, et ce devait être un dimanche puisque j'étais à la maison. Je n'étais pas bien vieux, je pense, je devais avoir sept ou huit ans, et je fus terrifié comme jamais. Que cela eût lieu en plein jour aggravait encore la situation, soudain j'avais l'impression qu'il n'existait plus aucun endroit sûr. Si l'on a peur du noir, on cherche la lumière. Mais que fait-on quand la lumière inspire elle aussi la terreur ?

Je n'avais pas peur à Sydney, mais je voyais la même chose que ce que j'avais vu enfant : l'obscurité dans la lumière, la nuit en journée. Ce que je voyais, et qu'à une époque, mais plus maintenant, je redoutais, c'était l'ombre de l'inconnu. Je me rendais compte que les gens, les visages, les voix m'étaient étrangers. Qu'en réalité, j'étais seul, absolument seul. Que même maman et papa m'étaient étrangers. C'est cette angoisse que réveillent tous les films d'horreur, les récits de fantômes, les histoires de vampires, de zombies, de revenants et de sosies, mais quand elle est associée à l'obscurité, quand elle représente un moment à part dans la vie, c'est excitant, car même si cette peur de l'inconnu naît d'une menace bien réelle, elle est circonscrite dans le temps, elle se dissipe quand le jour se lève et que le monde redevient familier.

Un être sans attaches est une anomalie, dans la mesure où presque tout ce que nous faisons dans la vie a trait aux liens que nous nouons avec les autres, à la construction de relations que nous pensons stables, fiables, durables. Cette propension est tellement forte que cet attachement peut devenir important même sans être nécessairement lié à des gens que nous connaissons, des amis ou des membres de notre famille ; il peut s'agir d'une voix à la radio, un visage à la télévision, un vendeur au supermarché, du personnage d'un livre écrit à la première personne. Je ne me suis trouvé physiquement isolé sur une période vraiment longue qu'une seule fois, lorsque je décidai de passer quelques mois sur une île pour me consacrer à l'écriture, et l'absence des autres provoqua en moi comme un manque difficile à définir et néanmoins fort, presque physique, de l'ordre quasiment de la carence que l'on peut avoir en sel ou en lumière ; je commençai alors à m'attacher à certaines voix à la radio, j'allumais le poste à l'heure pile où débutaient leurs émissions, j'associais le fait de les écouter au type de plaisir que l'on peut éprouver en rencontrant un ami. Il en allait de même pour le journal d'un écrivain que je lisais à cette époque : sa lecture me réconfortait. D'aucuns considéreront qu'il s'agissait là d'une bien maigre consolation, puisqu'il n'entrait aucune réciprocité dans ces amitiés étranges. Ni la voix à la radio ni l'auteur du livre ne savaient qui j'étais, je n'existais aucunement à leurs yeux. Moi-même, j'étais le premier à le penser. On peut dire la même chose du réconfort que les personnes âgées trouvent dans la télévision : qu'il est bien maigre et en réalité terrible, car ce sont des êtres de chair et de sang, alors que les visages à la télévision, auxquels il leur arrive peut-être même parfois de sourire, ne sont que des pixels leur donnant une fausse impression de proximité, une proximité profondément inauthentique, une réalité en laquelle ils font seulement mine de croire.

Mais, ma puce, imagine vivre dans une solitude absolue, sans connaître personne, sans parler à quiconque, sans être visible aux yeux de qui que ce soit, que les gens te tournent le dos quand tu les croises. Une solitude aussi totale serait invivable, car quel intérêt aurait la vie dans ces conditions ? Tout en nous tend vers les autres. La langue s'adresse aux autres, et à travers elle les pensées, et à travers elles la vérité existentielle la plus intime, soit le moi. Tant que le moi se trouve dans un espace où il y a d'autres personnes, ne serait-ce que sous la forme d'une voix à la radio, d'un visage à la télé, du narrateur d'un récit à la première personne, cela a un sens, la vie du moi a un sens. Mais comme le moi est structuré pour s'adresser aux autres, sans eux, seule la volonté lui permettrait de se maintenir, et comme la volonté du moi n'est que la volonté des autres, tôt ou tard, s'il ne reste pas la moindre lueur d'espoir, le moi sera anéanti.

Si la personne sans attaches est une anomalie, le suicide aussi. Il existe autant de raisons de se suicider que de gens commettant un suicide, mais tous ont en commun d'avoir d'une façon ou d'une autre perdu toute attache, d'avoir en eux une chose devenue plus forte que l'attachement, qui les empêche de donner au moi ce dont il a besoin pour vivre. Cette incapacité à nouer des liens est souvent temporaire, car la noirceur intérieure, cette pétrification de l'âme que rien d'extérieur ne peut atteindre ni déloger, que nous appelons dépression clinique, est un état ; un état grave, mais pas immuable : la nuit de l'âme est elle aussi suivie par le jour. D'une certaine manière, nous le savons tous, sauf le suicidaire, pour qui l'intensité de l'obscurité et de la souffrance est telle que même l'idée d'une amélioration future ne peut la rendre supportable. Elle est telle que même la vue de son propre enfant ne parvient pas à vaincre le désir d'une nuit définitive, la mort du moi.

Le suicide est aussi, parfois, une façon de donner un sens à la vie. C'est un acte, et les actes revêtent toujours une signification, à travers non seulement leurs conséquences, mais aussi leurs intentions. Une fille que je fréquentais naguère avait travaillé pendant un été dans une institution psychiatrique. Elle me raconta que le fils du directeur s'était tiré une balle dans la tête avec un fusil de chasse sur la pelouse devant le bureau de son père. Un jeune homme que je connaissais vaguement s'est pendu sous l'escalier dans la maison de sa mère le jour de l'anniversaire de cette dernière. Il avait un enfant en bas âge. Tous deux voulaient exprimer quelque chose : regarde, disaient-ils à travers leur geste, regarde ce que tu m'as fait. Un autre a revêtu un costume noir, une chemise blanche, une cravate, et s'est pendu dans son appartement ; il avait deux enfants. Durant toute sa vie adulte, il avait eu une vision romantique de la mort, il l'avait idéalisée. Peut-être était-ce une façon de supporter la souffrance, de rendre la mort désirable ?

Ces deux comportements, pointer du doigt de façon agressive et irrévocable la culpabilité de la personne à l'origine de sa souffrance et idéaliser la mort, sont puérils et nous avons tous vécu cela : qui, enfant, n'a pas imaginé le jour de son propre enterrement et le chagrin des gens présents, qui enfin se rendent compte du traitement injuste qui nous a été infligé ? À ce moment-là seulement, semblons-nous penser, à notre mort seulement notre véritable valeur leur apparaîtra, à la manière d'une lumière qui subitement illumine une pièce obscure.

Qu'est-ce sinon que le souhait d'un attachement ? Qui dans un seul et même temps est exaucé puis anéanti, à l'image de ce geste interdit dont le coup d'œil d'Orphée reste le symbole. C'est infantile, bien que cela ne fasse pas partie du domaine de l'enfance, celle-ci restant étrangère au suicide. L'adolescence, en revanche, avec ses sentiments tempétueux, son impulsivité et son inconséquence, peut se révéler dangereuse ; j'avais dix-huit ans la seule fois où j'envisageai réellement de mettre fin à mes jours – au lieu d'en caresser simplement l'idée, avant que la valeur et la richesse de la vie me sautent aux yeux et qu'un sentiment de culpabilité m'envahisse aussitôt à la pensée que, si je le voulais, il me suffisait de donner un coup de volant pour foncer dans le camion arrivant en face. Je rentrais d'une fête au petit matin, en été, et je traversais la zone industrielle en périphérie de Kristiansand, saoul et incapable de mettre à distance l'expérience qui m'avait poussé à quitter la fête sans prévenir personne. C'était insignifiant, tout le monde avait ri de moi, même ceux en qui j'avais le plus confiance et dont je me sentais le plus proche ; avec l'alcool, la pensée que personne ne m'aimait et que je ne valais rien, qui d'ordinaire n'était qu'une pensée parmi d'autres chez moi, avait pris d'énormes proportions. Je grimpai au sommet d'une montagne dans l'intention de me jeter dans le vide et, une fois sur place, à l'idée que c'était effectivement une possibilité, que ma vie l'instant suivant pourrait être terminée, je sentis monter en moi ce qui ressemblait à de l'allégresse. Je me souviens de mon désespoir et je me souviens de cette allégresse, mais je ne me rappelle pas ce qui me retint de sauter, pourquoi je redescendis une demi-heure plus tard et rentrai chez moi. C'était sans doute à cause de ma mère, j'avais dû imaginer son chagrin. Et peut-être cette image était-elle la réelle raison qui m'avait poussé à monter là-haut, peut-être était-ce ce que je cherchais à ressentir, que quelqu'un m'aimait, que quelqu'un avait besoin de moi ?

Je me rends compte que je n'aime pas évoquer cet épisode, ma souffrance était tellement insignifiante et rien ne s'est vraiment passé, mais ce que je cherche à te dire avec cette histoire, ma puce, c'est qu'à l'adolescence la moindre étincelle peut mettre le feu aux poudres, il suffit alors que l'on ait encore un peu plus bu que d'ordinaire, que l'on soit un peu plus désespéré, pour commettre un geste qui, en temps normal, nous semblerait inconcevable. Un jour où je randonnais en montagne dans le nord de la Norvège, le guide nous raconta que la région avait connu une vague de suicides parmi les jeunes : quand le premier avait sauté le pas, la possibilité était apparue aux autres, et le passage à l'acte avait été plus simple pour le deuxième, le troisième et ainsi de suite.

Mon père, ton grand-père, parlait parfois du suicide comme d'un phénomène. Il s'intéressait beaucoup à Jens Bjørneboe, autant à son roman *Jonas*, dans lequel l'auteur règle ses comptes à l'école norvégienne – peut-être parce que ton grand-père était lui-même enseignant ; quand il critiquait ses collègues, il lui arrivait d'ailleurs de reprendre le terme de *salamandres* employé par l'auteur –, qu'au suicide de l'écrivain, d'un point de vue purement pratique : comment il s'y était pris. Selon lui aussi, le nombre de suicides était sans doute supérieur aux chiffres officiels, ne serait-ce que parce que beaucoup des accidents de voiture et collisions frontales étaient des suicides déguisés, estimait-il. À l'époque, je ne comprenais pas que si une personne abordait un sujet plutôt qu'un autre, ce n'était pas par hasard, je me contentais d'écouter mon père, de commenter ses dires, comme s'il s'agissait d'un sujet banal, sans me rendre compte que ces propos n'étaient pas anodins, qu'ils étaient aussi le reflet de ce qui l'agitait intérieurement. Il mourut peu d'années après, en raison d'une consommation d'alcool effrénée qu'il est difficile de ne pas considérer comme un lent suicide. Il voulait mourir, et il est mort.

Pourquoi le souhaitait-il ?

C'était un homme sans attaches. Il l'avait écrit dans son journal intime, qu'il avait toujours été seul.

Non qu'il manquât de gens et d'amour autour de lui, mais le manque était en lui, il ne savait pas recevoir, il était incapable de se lier.

Tu comprends, la beauté de ce monde ne signifie rien si tu es seule sur terre.

Si, à l'approche de la cinquantaine, on entreprend de lister toutes les personnes que l'on a rencontrées ou dont on a entendu parler qui ont mal tourné, leur nombre risque de sembler impressionnant, comme si la vie était une épreuve dure et sans joie que seuls peu de gens parviennent à surmonter sans sombrer dans les ténèbres. Or il n'en est rien, car cette liste ne tient pas compte du temps, cet immense océan de jours et de nuits qui ne cesse de s'étendre, de croître, et qui dilue chaque événement. En mettant côte à côte les moments décisifs, les listes déforment la réalité et ce que nous pensons être notre vie, elles sont alors à la réalité ce qu'une carte est au terrain, ou les étoiles à la voûte céleste : vue de la Terre, la distance qui sépare ces dernières paraît insignifiante ; de la Terre, les étoiles dans l'univers semblent aussi proches que des harengs dans un banc, mais s'il nous était possible de nous rendre dessus, nous comprendrions que la vérité concernant l'univers se trouve dans l'espace qui les sépare.

C'est pourquoi une œuvre telle que *L'Histoire de la bestialité* de Jens Bjørneboe – un catalogue d'ignominies, de monstruosités et d'abus – est vraie si on la prend phrase par phrase, mais trompeuse dans sa totalité. Certes, le mal existe, mais en bien moindre proportion que le bien. Certes, les ténèbres existent, mais elles ne sont qu'une piqûre d'aiguille dans la lumière. Certes, vivre fait mal, mais la peine n'est qu'une sorte de tunnel invisible que nous traversons dans un environnement majoritairement neutre ou agréable et dont nous finissons par nous extraire, à un moment ou un autre.

Ainsi en était-il pour ta mère et moi lors de notre départ à Sydney, nous sortions d'une période tellement pénible qu'elle avait bien failli avoir raison de nous. L'épreuve avait culminé par une grave dépression de ta mère. Clouée au lit, elle était incapable d'accomplir même les tâches les moins astreignantes, comme écouter la radio ou lire, et encore moins s'habiller, se lever et sortir à la lumière du jour. Les fois où je l'aidais et où nous partions nous promener pendant un bref moment dans le parc, à pas lents, tel un vieux couple, il lui arrivait de rester assise sur un banc à pleurer, son chagrin semblait alors insondable. Tes deux grands-mères vinrent nous prêter main-forte ; un jour où je m'apprêtais à aller chercher les enfants et que ta grand-mère maternelle partait faire une course, subitement, devant la porte d'entrée, nous nous sommes regardés, sans un mot ; elle a tourné les talons et s'est précipitée dans la maison. Nous avions été frappés par la même pensée au même instant : nous ne pouvions pas laisser ta mère seule dans cette noirceur, car elle était capable de commettre l'irréparable pour mettre fin à sa souffrance.

Puis la lumière succéda aux ténèbres, mais là encore de façon impétueuse et incontrôlable, et ta mère fut hospitalisée. Quand cet épisode lui aussi se termina, l'été touchait à sa fin, elle rentra et nous achetâmes la maison dans laquelle nous vivons actuellement : elle était, à l'origine, censée être une résidence secondaire. Nous nous y rendions chaque vendredi et rentrions le dimanche soir. Notre vie retrouva une certaine stabilité, même si les événements des mois précédents continuaient à vivre en ta mère, comme une sorte de contrecoup, les oscillations entre les hauts et les bas étaient encore perceptibles, mais gérables, et petit à petit elles s'estompèrent. Nous avons emménagé dans la maison et en avons fait notre résidence principale. Tes sœurs étaient inscrites à l'école du village, ton frère à la crèche. Pour la première fois depuis que nous formions une famille, nous avions de l'argent, nous avons acheté notre première voiture, nous allions nous promener dans les environs, nous partions en vacances et je commençai à jardiner, ce que mon père avait toujours fait, mais jamais je n'aurais imaginé m'adonner moi-même un jour à cette activité. Après deux années ici, où pour la première fois depuis que j'avais quitté la maison de mes parents je me sentais chez moi, ta mère émit l'idée d'avoir un autre enfant. Elle ne le pensait pas sérieusement, je crois, elle exprimait plutôt une envie, me semblait-il. Je refusai : jamais de la vie, trois, c'était plus que suffisant. Mais elle avait semé une graine dans mon esprit, un enfant représentait pour moi un tournant, un nouveau départ, et cela impliquait aussi un type d'engagement dont j'avais sans doute besoin, quelque part au fond de moi, car je savais intimement qu'être père faisait de moi une meilleure personne. Je m'aimais quand j'étais avec les enfants, c'était une des grandes joies qu'ils me procuraient, et je n'aimais personne autant qu'eux. Un nouvel enfant engendrerait encore davantage d'amour, et cela m'ôterait toute possibilité de choisir une autre vie que celle-ci, celle avec ma famille.

En partant à Sydney, j'avais emporté *Scènes de la vie conjugale*, le film qu'Ingmar Bergman réalisa dans les années soixante-dix, car plus tard cet été-là je devais participer à la Semaine Bergman sur l'île de Fårö, or le film était si long que je n'avais jamais réussi à trouver le temps de le regarder à la maison. Après dix ans de vie commune, dans un avion pour l'Australie, ta mère et moi visionnions donc un film presque documentaire sur la désagrégation d'un autre couple suédo-norvégien quarante ans plus tôt. Nous plaisantâmes de l'impression que nous devions donner de l'extérieur, mais nous y prîmes plaisir aussi, c'était le genre de choses que nous faisions au début, quand nous nous sommes connus, regarder des films ensemble, en discuter, et notamment ceux de Bergman qui faisaient partie de son enfance et de son adolescence, et qui m'avaient bouleversé à la fin de la vingtaine. J'avais été frappé par l'authenticité de ce film, sa sincérité et son intensité. C'est pour cette raison, je pense, qu'il ne me semblait pas daté comme d'autres œuvres des années soixante-dix ou le reste de la filmographie de Bergman – ces œuvres demeuraient regardables parce qu'elles appartenaient au monde des films, soit un monde entier et autonome, un peu comme les contes que l'on parvient à lire malgré leur univers si différent du nôtre, alors que *Scènes de la vie conjugale* était, au contraire, en prise sur la réalité. Sans doute est-ce pourquoi l'absence des enfants y était si frappante. Je me reconnaissais dans tout le reste, la haine, la frustration, la méchanceté, l'intimité et l'amour, tous ces sentiments qui semblaient affluer et refluer entre les deux personnages principaux, dans un mouvement permanent, et c'est justement pour cela, parce que je pouvais m'identifier à ce couple, que je m'étonnais de ce que leurs enfants n'aient absolument aucune place dans leur rupture, ni dans les sentiments qu'elle pouvait provoquer en eux. Était-ce Bergman, ou était-ce l'époque ?

Je pencherais plutôt pour l'époque. J'avais moi-même grandi dans les années soixante-dix, et je me souvenais de la séparation très nette entre le monde des adultes et le nôtre. Ceux-ci donnaient l'impression d'évoluer sur un plateau, tandis que les enfants vivaient leur vie dans la vallée en contrebas, où l'on nous laissait libres d'agir à notre guise. De temps en temps, nous apercevions les adultes qui, de là-haut, nous regardaient, mais jamais ou presque ils ne descendaient dans la vallée. Rares aussi étaient les occasions où l'on nous autorisait à monter sur le plateau. Les professeurs appartenaient à ce monde d'en haut, tout comme les parents, les vendeurs dans les magasins, les maîtres-nageurs à la piscine, les entraîneurs et les chefs. Les événements qui advenaient dans le monde des adultes, un divorce par exemple, n'existaient chez nous que sous forme de rumeurs impossibles à vérifier, si bien qu'ils étaient souvent dénaturés et figés dans d'étranges versions alternatives de la vérité.

On pourrait croire que je parle d'une autre époque. C'est bel et bien le cas en réalité. *Scènes de la vie conjugale* est à ton année de naissance ce qu'un film de 1928 est à la mienne.

Peut-être verras-tu ce film un jour. Et peut-être en auras-tu une perception totalement différente de la mienne, peut-être y verras-tu une chose qui m'a complètement échappé.

Nous avons fait escale à Singapour et quand, au milieu de la nuit, nous sommes sortis fumer une cigarette sur la terrasse, nous avons eu l'impression de nous heurter à un mur tellement l'air était humide, mais en arrivant à Sydney, quelques heures plus tard, le temps était frais, l'air froid et clair, plein de gouttes de pluie ruisselantes. Pendant que nous roulions sur la large route d'asphalte noir foncé en direction du centre-ville, je discutai musique avec le chauffeur qui était venu nous chercher, je lui parlai de groupes australiens. The Church, dis-je. Oh, The Church ! s'exclama-t-il tandis que les lumières sous lesquelles nous passions semblaient s'abattre sur la voiture. The Hoodoo Gurus, dis-je. *Oh yeah !* s'exclama-t-il. Mais le mieux, ça reste The Go-Betweens, n'est-ce pas ? dis-je. Il se pourrait bien que vous ayez raison, répondit-il. *Yes, you might be right. Where are you guys from ?* demanda-t-il. De Norvège, dis-je, puis je me tournai vers ta mère assise à côté de moi. De Suède, dit-elle. Nous vivons en Suède. *In Sweden ?* demanda le chauffeur. *There are riots in Sweden now.* Vraiment ? m'étonnai-je. Des émeutes en Suède ? Oui, à l'instant même où je vous parle. Ils l'ont dit aux infos.

— Tu crois que c'est vrai ?

Je m'adressais à ta mère.

— Aucune idée, répondit-elle. Ça me paraît bizarre.

Nous arrivâmes dans Sydney, qui ne ressemblait pas du tout à l'image que je m'en étais faite ; j'avais vaguement imaginé de grandes rues ensoleillées débouchant sur des plages, or la ville que nous traversions était dense, sombre, pluvieuse et, malgré le célèbre opéra entièrement illuminé que j'entraperçus dans un flash de l'autre côté de la baie, ce fut à Bergen que je l'associai l'instant suivant, quand, après avoir contourné une petite colline, la route s'engagea dans une zone portuaire. Peu après, la voiture s'arrêta et nous en descendîmes.

Nous prîmes les clés à la réception de l'hôtel, défîmes nos valises, je fumai une cigarette debout sur la terrasse de notre chambre en regardant la surface noire de l'eau, le scintillement des lumières dessus et les quais au loin qui paraissaient en émerger, eux aussi de couleur noire. Quant aux émeutes en Suède qui, dans la bouche de notre chauffeur, donnaient l'impression d'être apocalyptiques, il s'agissait en fait de quelques voitures incendiées dans une banlieue de Stockholm. Le spectacle qui semblait impressionnant à la télévision ne l'était sans doute pas en réalité.

Ta mère s'était allongée sur le lit, j'écrasai ma cigarette sur le revêtement en béton et ouvris la porte coulissante.

— T'es fatiguée ? demandai-je.

— Pas tant que ça, répondit-elle. Et toi ?

Je secouai la tête.

— On sort manger un morceau ?

— Oui.

Nous avons suivi la route par laquelle nous étions arrivés en voiture, nous avons fait le tour de la berge en passant sous un pont qui s'élevait au-dessus de nous, luisant dans la pluie, et sommes entrés dans un quartier dont les bâtiments bas abritaient plusieurs pubs et restaurants. Ta mère était silencieuse, comme si l'obscurité déteignait légèrement sur elle. Cette perméabilité à son environnement était l'état qui correspondait le plus à sa nature, pensai-je, c'est ainsi qu'elle semblait le plus proche de la personne qu'elle était.

Maintenant nous pouvions nous parler. Sans que les sujets discutés fussent nécessairement de la plus haute importance. Ce qui comptait, c'était notre manière de procéder. Nos échanges étaient ancrés dans une réalité que nous partagions, et nos propos avaient du sens. Nous étions impliqués.

Telle était notre relation quand nous avions commencé à sortir ensemble dix ans auparavant, et dans la période qui avait entouré la naissance de ton frère et tes sœurs. Et telle était notre relation à ce moment-là. Nous fûmes plus proches durant ces quelques jours que nous l'avions été durant des années, non seulement parce que ta mère était présente, mais aussi parce que de nouveau je m'ouvrais à elle, je ne la tenais plus à distance comme je le faisais depuis si longtemps.

Nous avons parlé des enfants, de tes sœurs, ton frère, jamais nous ne nous étions absentés ensemble de la maison pendant une aussi longue période. Nous prenions plaisir à parler d'eux, des personnes qu'ils étaient, qu'ils deviendraient, de ce qui avait pu leur arriver au cours de la journée. Deux Scandinaves attablés dans un restaurant italien par une soirée pluvieuse à Sydney, les longues pauses dans la conversation, ces silences que l'on observe si souvent entre les couples au restaurant, mais que l'on n'envisage jamais comme une possibilité dans sa propre vie.

Mais c'était bien. Et quand nous sommes rentrés à la maison une semaine plus tard, les enfants nous attendaient dans l'entrée, excités et contents. Ils eurent droit à des cadeaux, que le plus jeune s'empressa de déballer avec l'avidité d'un enfant de six ans, tes deux sœurs y mettant un peu plus les formes. Ils posèrent plein de questions sur ce que nous avions vu, ce que nous avions fait. L'Australie était un pays qui leur tenait à cœur, ils l'avaient vu dans tellement de séries télé et, faute de pouvoir se rendre eux-mêmes sur place, ils ne pouvaient imaginer mieux que notre voyage là-bas. Nous leur avons raconté que nous avions vu l'opéra, que c'était l'automne dans cette partie du monde et qu'il ne faisait pas si chaud que cela, que la vie y ressemblait en réalité beaucoup à la nôtre, et qu'un soir nous avions dîné dans un restaurant au sommet d'une falaise en surplomb de l'océan, avec d'énormes vagues qui déferlaient sous nous pendant que nous mangions.

— Il y avait des requins ?

— Vous avez vu des kangourous ?

— Les enfants portent des uniformes à l'école ?

Ils s'accrochaient à nos basques, ils ne voulaient pas nous lâcher, ils nous firent le récit de tout ce qui s'était passé en notre absence.

Ce que personne ne savait ce soir-là, c'est que ta mère était enceinte de toi.

Quelques semaines plus tard, alors que les vacances scolaires étaient déjà bien entamées, nous avons mis le cap sur Fårö, où nous devions loger dans la maison d'hôtes d'Ingmar Bergman, à quelques centaines de mètres seulement de l'endroit où il avait lui-même habité durant les quarante dernières années de sa longue vie. Nous avons quitté la maison à midi, longé la côte vers le nord, jusqu'à Oskarshamn, d'où partait le ferry pour Gotland. Notre voiture, un Multivan, offrait un grand espace à l'arrière, où les sièges disposés face à face étaient séparés par une table. Même s'il arrivait à ton frère et tes sœurs de rechigner à l'idée d'entreprendre un long trajet, ils me donnaient aussi l'impression d'y trouver un certain plaisir, dès lors qu'ils en avaient accepté l'idée : celle de rester assis sans bouger sur un siège pendant des heures, le tout entrecoupé de quelques pauses dans des stations-service ou des auberges de bord de route. Ils tombaient vite dans une sorte d'état comateux alors qu'ils fixaient d'un regard apathique le paysage qui défilait derrière la vitre, avant de s'animer subitement, à intervalles irréguliers, des moments qui pouvaient se terminer par des fous rires aussi bien qu'une dispute, ou déboucher sur un nouveau silence.

Je n'avais emprunté cet itinéraire que quelques fois auparavant, et j'avais l'impression de rouler dans les zones périphériques de ma mémoire, sans jamais savoir à quoi ressemblerait la prochaine portion de route, mais en la reconnaissant dès qu'elle m'apparaissait. C'était un peu comme relire un roman, lorsque l'on pressent une scène mais sans réussir à se souvenir exactement de quoi il s'agit, même en y mettant la meilleure volonté du monde, jusqu'à ce que cette scène ait lieu et que l'événement ou la description gagne en puissance quand l'apparente nouveauté, la découverte de ce qui semble se produire pour la première fois croise le souvenir de ce que l'on avait éprouvé lors d'une précédente lecture, et que l'écart entre notre version intime de la réalité et la réalité extérieure reste un instant ouvert, avant que la réalité extérieure, dont la présence est beaucoup plus forte, efface l'intime et que de nouveau le monde ne fasse plus qu'un.

Le soleil était bas dans le ciel quand nous avons quitté la grande route pour nous diriger vers Oskarshamn, où le ferry attendait dans le port, et il faisait nuit quand nous sommes descendus de la passerelle de l'autre côté du bras de mer, au milieu de la longue file de voitures collées les unes aux autres dans les premières centaines de mètres de la zone portuaire, mais de plus en plus espacées à mesure que se succédaient les différents embranchements, jusqu'à ce qu'il ne reste plus que nous qui filions vers le nord et traversions la forêt aux arbres rabougris caractéristique de Gotland, ses nombreuses tourbières, ses bosquets, ses clairières, ses champs, le tout reposant dans le calme de la nuit. Çà et là, des bancs de brume flottaient au-dessus des plaines qui se détachaient à peine sur la masse dense des arbres noirs dans l'obscurité, tandis que la lumière des feux de la voiture, si tranchante dans ces subtiles nuances sombres, inondait la route devant nous et se réfléchissait dans les lignes et balises lumineuses à mesure que nous avalions les kilomètres qui nous séparaient de l'extrémité de l'île où un autre ferry nous transporterait jusqu'à Fårö.

Nous avions déjà passé des vacances sur Gotland un été, à l'époque où nous n'avions encore qu'un enfant et attendions le deuxième – ta mère était enceinte de six mois. Nous habitions alors à Stockholm et je me souviens que nous parlions de nous installer sur cette île de la mer Baltique. Je pense que ce souhait émanait surtout de moi, j'ai toujours été attiré par les endroits isolés, mais ta mère était elle aussi ouverte à cette idée, bien que toute sa vie fût dans la capitale, bien qu'elle n'eût jamais vécu ailleurs. Nous voulions repartir de zéro, et aucun de nous n'envisageait la vie sous un angle très réaliste : un beau paysage ou une vision romantique suffisait à faire naître en nous une envie plus forte que n'importe quelle objection pratique. C'est pour cette même raison que nous attendions un deuxième enfant. Espérer, vivre nos rêves et prendre les choses comme elles venaient, telle était notre stratégie.

Un après-midi, pendant que ta mère dormait à l'étage, je fis la vaisselle. Par la fenêtre au-dessus du plan de travail, je regardais la pluie légère qui tombait en continu, la lumière grise donnait au vert cette intensité particulière typique des étés pluvieux de l'Europe du Nord que j'aimais tant, sûrement parce qu'elle me rappelait mes étés dans l'ouest de la Norvège où il pleuvait en permanence et où le paysage d'une luxuriance froide était aussi vert que la jungle, l'exubérance et le voile de chaleur humide en moins ; son caractère sauvage était plutôt empreint de sobriété, ressemblait davantage à une extase froide.

Les truites, les cascades écumantes, l'herbe moirée sur les flancs des collines, le ventre des nuages frôlant la surface de l'eau. Gris, vert. Vert, gris. Mes mains qui se couvraient d'un petit filet de bulles de savon chaque fois que je les sortais de l'eau de vaisselle tiède pour mettre un verre ou une assiette à sécher sur l'égouttoir en métal à côté de l'évier. La pensée subite que je n'avais pas vu ta sœur depuis quelques minutes. La panique qui m'envahit alors et que je contrôlai en exécutant chaque geste avec lenteur. Je posai la brosse à vaisselle sur le plan de travail, le jaune industriel du manche surmonté d'une tête à la blancheur presque immaculée, j'essuyai mes doigts fripés sur mes cuisses et mon short pendant que je partais l'appeler dans le jardin. Mon regard se porta d'abord vers la pelouse, puis la route et la forêt derrière. Elle ne s'était quand même pas aventurée jusque-là ? Une petite voix me soufflait que non, c'était l'intuition grâce à laquelle les parents savent plus ou moins de quoi leurs enfants sont capables. Je retournai dans la maison, jetai un œil dans le séjour, elle n'y était pas non plus. Puis j'entendis des pas au-dessus de ma tête. Elle était montée au grenier. Il n'y avait aucun escalier pour y accéder, juste une échelle. Avait-elle grimpé à l'échelle ? Mais c'était extrêmement dangereux ! Elle marchait à peine !

Je me précipitai à l'étage. Sa couche formait comme une queue de canard sur ses fesses. Elle se tourna vers moi, tout sourire. Petite maligne, dis-je en la prenant dans mes bras et en redescendant. Qu'est-ce que tu avais l'intention de faire ? Ne sais-tu pas que l'escalier est dangereux ? Non, dit-elle sans comprendre ce que signifiaient mes paroles. Elle me regardait avec des yeux pleins d'attente.

Tous les parents vivent des expériences de ce genre, quand une situation pourrait mal tourner, mais non. Il suffirait d'un léger changement dans l'environnement de l'enfant, d'un bruit qui le ferait se retourner, perdre prise et plonger tête la première sur le sol en béton, mais le bruit ne survient pas et il ne lâche pas prise. En général, tout se passe bien. Même un très jeune enfant est compétent à sa manière, et il en faut beaucoup pour qu'une situation dégénère. Mais cela arrive : vivre, c'est aussi côtoyer la mort en permanence.

L'après-midi, je partais courir sur les routes en forêt, et bien que j'apprécie la beauté des arbres et des prés, leur éclat vert se détachant sur le ciel gris et pluvieux, ce n'était rien en comparaison de ce que je ressentis la première fois que j'aperçus les *rauk* entre les arbres, ces formations rocheuses caractéristiques de Gotland qui se dressent sur les plages, seuls vestiges des anciens massifs dont elles faisaient autrefois partie et dont la mer a érodé les roches les plus tendres ; elles semblaient façonnées par l'homme, tels des statues ou des monuments, même si leur silhouette paraissait tordue, déformée par ce qui ressemblait à de la rage, la rage d'être condamnée à l'immobilité comme chez toute bonne pierre qui se respecte. Je trouvais ces formations belles en elles-mêmes, mais là, sur le tapis de mousse de la forêt, entre les troncs d'arbres, elles donnaient l'impression de ne pas être de ce monde, elles avaient quelque chose de profondément mystérieux, mais aussi d'étonnamment prometteur : quand je m'arrêtai devant elles, j'avais les larmes aux yeux.

Le clapotis des vagues qui s'écrasaient un peu plus bas sur la plage de galets déserte, le silence enveloppant du ciel, le tronc rouge des pins, le vert sec de leurs branches, si pâle comparé à la couleur juteuse et luxuriante de la mousse, les pierres pareilles à des totems de la taille d'un homme, qui semblaient dater d'une autre époque, elle-même révolue.

Sans doute est-ce la raison pour laquelle j'avais les larmes aux yeux, ai-je pensé depuis, parce qu'elles constituaient une brèche dans le temps, parce qu'elles étaient ici et l'avaient toujours été.

Je repris ma course, je rentrai à la maison, je retournai auprès de ta mère et son gros ventre, auprès de ta sœur et son petit corps, je courus retrouver ma famille, je courus retrouver tout ce que j'avais.

Huit ans plus tard, tes deux sœurs et ton frère avaient l'air endormis sur les sièges arrière alors que nous approchions de l'embarcadère du ferry à l'extrême nord de cette même île. Ta mère, assise à côté de moi, était silencieuse ; elle se tenait en retrait, pensais-je, je reconnaissais cet état étrange que j'avais pu observer lors de ses précédentes grossesses. On ne pouvait pas vraiment parler d'introversion, car elle était totalement présente, ce qui se passait autour d'elle donnait plutôt l'impression de ne plus être aussi important : l'essentiel, ce qui avait du poids, se déroulait en elle.

Je remarquais toujours l'humeur de ta mère, j'interprétais tout ce qu'elle disait et faisait en le replaçant dans un contexte plus large, et ce réflexe n'était pas sans rappeler ce que je faisais avec mon père dans ma jeunesse. Maintenant comme alors, je me livrais à une sorte de météorologie de l'humeur, parce que mon existence d'une certaine façon en dépendait.

À ce moment-là, tout allait bien.

Nous avons traversé une petite agglomération et aperçu, plus bas, les lumières du ferry sur l'eau. À l'exception d'une voiture garée de l'autre côté du pont, contre la porte à l'avant, il était totalement vide. Je suis monté à bord et à peine étais-je garé derrière l'autre véhicule que le bateau s'est mis en mouvement. Nous sommes sortis sur le pont, sous les feux d'un éclairage à la puissance industrielle, et nous sommes postés derrière le garde-corps pour regarder la nuit légère de l'été : l'eau du bras de mer et le ciel étaient un soupçon plus clairs que la terre des deux îles qui formaient comme deux silhouettes noires de part et d'autre du détroit.

— On est bientôt arrivés ? demanda ta sœur aînée.

— Oui, dis-je. Je vais téléphoner pour les prévenir.

Je m'écartai légèrement des autres, allumai une cigarette et sortis le papier que l'organisateur m'avait envoyé, où en plus des directions à suivre figurait le numéro de téléphone que je devais appeler quand nous approcherions de notre destination, afin qu'ils nous donnent les clés. Je composai le numéro tout en regardant ma famille, trois enfants collés à leur mère qui contemplaient un détroit dans le silence nocturne, la mère qui prend le petit dernier dans ses bras de façon qu'il puisse voir, lui aussi. La pensée que tu étais là également, aux prémices fragiles et timides de ta vie. Une femme répondit, nous sommes sur le ferry, annonçai-je, elle m'expliqua la route, dit que la maison pouvait être difficile à trouver, qu'il ne fallait pas hésiter à la rappeler si jamais nous nous perdions.

Lors de nos vacances sur Gotland, huit ans auparavant, nous avions déjà visité Fårö, nous avions espéré apercevoir la maison d'Ingmar Bergman, je me souviens, nous savions à quoi elle ressemblait pour l'avoir vue un nombre incalculable de fois en photo ou dans ses films, mais nous n'étions pas non plus sans ignorer qu'elle était très à l'écart et bien cachée et que les locaux refusaient de donner la moindre indication à son sujet. Bergman était encore vivant à cette époque, je n'en éprouvais pas pour autant l'envie de le rencontrer, pas plus que je n'ai jamais éprouvé le besoin de rencontrer quelque artiste ou écrivain que ce fût, conscient que ceux-ci s'adressent à nous de façon nettement plus directe et personnelle dans leur œuvre que dans la réalité, et qu'aucune rencontre en tête à tête ne nous les rendra aussi proches que leur travail. Qu'est-ce que la littérature si ce n'est l'expression d'un sentiment de proximité inaccessible et inexistant dans la réalité ? Si nous restions malgré tout à l'affût de la longue maison basse en bois foncé qui se cachait sur une des nombreuses plages de galets de l'île, à la lisière de la forêt, c'était en raison de son aura, de l'attraction qu'exercent sur nous les sites dont on a déjà entendu parler à de multiples reprises et qui nous pousse à vouloir les voir une fois sur place. Et peut-être aussi parce que Bergman était pour nous un personnage tellement mythique qu'il nous semblait difficile d'imaginer qu'il pût exister physiquement et séjourner dans un endroit précis à un moment précis. Parce que l'ampleur de son œuvre avait fini par phagocyter l'homme qu'il était et le transformer en un personnage de fiction.

Oh, c'était donc par *là*, pensai-je quand, à quelques kilomètres du débarcadère, nous tournâmes à droite puis peu après à gauche, sur une route gravillonnée pleine d'ornières, bordée dans un premier temps de petits champs et dans un second temps d'une pinède, dans l'obscurité de laquelle elle disparut.

Le faisceau des feux de la voiture se posait plus souvent entre les troncs d'arbres fantomatiques que sur la route, tellement celle-ci était étroite et sinueuse. Nous passâmes devant une maison entourée d'un haut grillage sur notre gauche, celle de Bergman sans doute, et quelques centaines de mètres plus loin le chemin déboucha devant deux maisons précédées d'une petite cour gravillonnée.

— On est arrivés ? demanda l'une de tes sœurs.

— On est arrivés ! confirmai-je en coupant le moteur et en serrant le frein à main.

— Enfin ! s'exclama la seconde.

— J'ai super envie de faire pipi, dit ton frère.

Nous descendîmes de voiture et alors que j'ouvrais le coffre pour sortir les valises, les sacs à dos et les sacs de courses remplis de nourriture, la porte de l'une des maisons s'ouvrit ; c'était la femme que j'avais eue au téléphone. Elle nous souhaita la bienvenue et passa en revue toutes les questions pratiques tandis que ton frère regardait fixement la forêt d'un air farouche. À peine nous eut-elle remis les clés et quittés qu'il se précipita à l'intérieur pendant que je rentrais les bagages. Immédiatement, tes sœurs commencèrent à se chamailler pour savoir qui dormirait où dans les chambres au premier étage.

Devant donner des conférences sur Bergman durant ce séjour, j'avais lu et relu ses deux romans : *Les Meilleures Intentions* et *Entretiens privés.* J'avais totalement oublié l'importance qu'ils avaient revêtue à mes yeux lorsque je les avais lus pour la première fois et leur grande influence sur mon premier roman. Bergman y parle de ses parents, que dans ses livres il nomme Anna et Henrik. Le premier traite de leur rencontre, de la naissance de leur couple, le second d'un événement survenu quelques années plus tard, quand Anna trompe son mari avec un étudiant en théologie et décide de le confesser. Le portrait du père me marqua particulièrement, notamment son incarnation de ce que, intérieurement, j'appelai « l'autorité infantile », qui pouvait aussi s'appliquer, me semblait-il, à mon propre père, à tel point que je m'en inspirai pour construire la figure paternelle de mon roman. Un passage au milieu du livre raconte la rencontre des parents du personnage principal, que j'avais choisi d'appeler Henrik. Aujourd'hui encore, lire ce passage m'est impossible, car même s'il relate des moments qui se sont réellement produits dans la vie de mon père et ma mère et joue un rôle significatif dans le livre, je trouve qu'il sonne faux. Je n'avais pas vécu ce que j'avais écrit, et je ne parle pas ici des événements eux-mêmes, mais de ce qu'ils représentent. Ils ne résonnaient pas en moi, ne se raccrochaient à rien, et ce manque d'écho les rendait profondément faux, malgré leur apparente véracité. Ce qui est assez ironique dans la mesure où, quand je lus ces livres, la question de leur justesse, de leur véracité, était précisément ce qui me paraissait le plus important. « On ne peut pas faire violence à la vérité sans que ça tourne mal, sans faire du mal[1] », dit Jacob, le vieux pasteur qui a confirmé Anna dans sa jeunesse et auprès duquel elle se confesse dans *Entretiens privés.* Mais la vérité implique une certaine violence, et c'est entre les points de vue de ces deux pôles opposés que se joue le roman.

Liv Ullmann adapta *Entretiens privés* au cinéma, et je fus comme hypnotisé par ce film quand je le vis à vingt-sept ans. Je n'y compris pourtant probablement pas grand-chose, en tout cas pas

1. Traduction d'Alain Gnaedig, Gallimard, 1997.

comme je le comprends aujourd'hui. Mais il possédait une grande force émotionnelle, à laquelle je n'étais pas en mesure de résister. À l'époque, j'estimais que ce film montrait la « vie à nu ». Le fait que je n'ai pas moi-même vécu, de près ou de loin, les expériences relatées – un adultère et ses profondes répercussions –, n'avait aucune importance. Car les émotions qu'il déchaînait n'étaient pas propres à l'adultère, me disais-je, mais à « la vie à nu ». La vie telle qu'elle apparaît quand tombent les apparences ou quand on est parfaitement honnête avec soi-même, ce qui revient peut-être au même.

Longtemps, j'ai pensé que le savoir était le savoir académique et l'expérience, l'expérience académique, et qu'ils étaient ce qu'un écrivain, un réalisateur ou un artiste se devait de transmettre. Qu'un roman, un film ou une œuvre d'art apportait un éclairage et que la lecture d'une œuvre consistait à en extraire cet éclairage. À l'époque où je découvris le film de Liv Ullmann et les livres d'Ingmar Bergman, je commençais à penser que le savoir académique, l'expérience académique, les connaissances intellectuelles, n'étaient en réalité qu'une façon de se protéger de la vie à nu. Et que la plupart des livres, des films et des œuvres d'art l'étaient aussi.

Cette idée allait à l'encontre de tout ce que j'avais appris, elle relevait du pur anti-intellectualisme, en même temps elle rejoignait une chose que j'avais toujours pressentie, et à laquelle depuis la fin de mon adolescence je tentais de résister, à savoir la supériorité de l'ingénuité. Bergman ne fut jamais un réalisateur ingénu, au contraire, et le livre, à la différence du film, ne l'est pas non plus. Il s'attache aux conséquences de la vérité, au prix de la liberté, et pour ce faire il use des ressorts les plus simples et de la plus grande précision psychologique possible. La mère d'Anna la met en garde contre Henrik, elle comprend que cet homme ne lui convient pas, qu'il a besoin des autres pour réussir à exister, qu'il exigera tout d'elle et que pour lui apporter ce qu'il demande elle devra renoncer à sa propre vie, à être elle-même. Mais elle est jeune, amoureuse, et elle écoute son cœur. Plusieurs années plus tard, quand elle tombe sur le pasteur Jacob au cimetière d'Uppsala, elle mène une double vie : elle aime Thomas, un étudiant, et le rencontre en secret alors qu'elle vit avec Henrik et les enfants qu'elle a de lui. Cette fois-ci, elle est consciente de la portée de chacun de ses actes, elle agit délibérément, après avoir pesé le pour et le contre. Le caractère destructeur de son amour et le fait que ces deux forces, l'amour et la destruction, soient associées dans ce livre à la liberté font d'Anna la sœur d'une autre héroïne infidèle de la littérature, à savoir Anna Karénine de Tolstoï, qui, ne voyant plus que le suicide comme seule issue possible, finit par se jeter sous un train. Les hommes dont elles tombent amoureuses ont aussi des traits communs : tous deux sont plus jeunes qu'elles, nettement moins mûrs, et bien qu'elles portent sur eux un regard lucide, qu'elles soient conscientes de leurs défauts, elles les aiment.

Mais de quelle sorte d'amour parlons-nous ?

Une autre héroïne dans l'œuvre conséquente de Tolstoï possède ce regard et exprime un même type d'amour : la princesse Maria dans *Guerre et Paix*, qui, à la fin du roman, se marie avec Nicolas Rostov, auquel elle est d'une certaine façon nettement supérieure. Elle perçoit ses défauts, ses travers, son immaturité et sa vanité, alors que lui ne voit presque rien d'elle, pourtant elle l'aime. Son regard sur lui rappelle le regard que les parents portent sur leurs enfants – en tout cas celui que je porte sur les miens : je les connais mieux qu'eux-mêmes ne se connaissent, je sais mieux qu'eux pourquoi ils agissent ainsi, tiennent tels ou tels propos, je remarque tous leurs défauts alors qu'eux n'en sont pas conscients, pas plus qu'ils ne sentent ce regard que je porte sur eux, un regard plein d'amour, un amour inconditionnel, et je serais même tenté de dire que plus leur faiblesse m'apparaît, plus cet amour s'intensifie. Quand on y réfléchit bien, cette ressemblance entre les deux héroïnes s'explique aisément puisque l'Anna dont parle Ingmar n'est autre que sa mère, tout comme la Maria de Tolstoï n'est autre que la mère de celui-ci ; elles ont des traits et une histoire similaires, ainsi que l'a montré Henri Troyat dans la biographie qu'il a consacrée Tolstoï.

Si je devais un jour écrire sur l'amour que ma mère nourrissait envers mon père, c'est ainsi que je le décrirais, moi aussi. Je ne peux pas comprendre autrement ce qu'elle me déclara un jour, en disant qu'elle l'aimait. Personnellement, je ne peux pas aimer de cette façon. Mais, pendant longtemps, c'est ainsi que je voulais être aimé.

Nous passâmes cinq jours dans la résidence d'été de Bergman à Fårö, un temps suffisant pour trouver un rythme ; chaque matin, je prenais la voiture et je partais acheter au magasin de quoi concocter notre petit déjeuner, puis nous allions nous baigner sur une des plages de la côte nord-est de l'île, nous mangions en terrasse dans l'un des restaurants sur place et le soir, après avoir couché les enfants, nous regardions des films de Bergman, car j'étais terrifié à l'idée de participer à une rencontre sans m'être préparé.

Un soir, tes sœurs restèrent sur le canapé avec nous pour regarder *Le Septième Sceau.* Le film les captiva. La sorcière attachée à un mur les intrigua particulièrement ; quel mal avait-elle bien pu faire pour subir un tel sort ? Plusieurs mois après, elles nous reparlaient encore de cette scène. La première chose qui les fascina, je crois, fut d'apprendre que les sorcières ne relevaient pas seulement du monde des contes, qu'elles existaient aussi dans la réalité historique, ce qui leur causa un léger choc ; puis la pensée que ces sorcières n'étaient pas de vraies sorcières, bien que les gens le croient et les traitent comme telles. Je leur racontai les épreuves auxquelles on les soumettait : on les jetait à l'eau, leur expliquai-je, et si elles flottaient, cela voulait dire qu'elles étaient des sorcières et on les brûlait, si elles coulaient, cela voulait dire qu'elles n'étaient pas des sorcières et elles avaient droit à un enterrement chrétien. Mais dans les deux cas elles meurent ! s'exclamèrent-elles. C'est pas juste ! C'est pas des sorcières ! Non, ce n'était pas des sorcières. Mais c'était il y a longtemps. Le monde était alors différent. Cette époque relève presque du conte pour nous. Et je vous rappelle que c'est un film, ce que vous avez vu. Le personnage attaché au mur est une actrice.

De nouveau, leur fascination me fascinait, car même si nous habitions dans la même maison, évoluions dans le même monde, nous ne l'appréhendions pas du tout de la même manière, nos préoccupations et ce que nous ressentions tenaient une place infime dans le leur. Nous ne regardions presque jamais le journal télévisé, l'explosion visuelle et la concentration de violence et d'accidents, de problèmes, d'inquiétudes, n'existaient par conséquent qu'en arrière-plan, elles constituaient une sorte de toile de fond qui, soudain, pouvait occuper le devant de la scène, comme cette fois où ta sœur aînée déclara que Poutine, selon elle, était un homme mauvais, ou les Démocrates de Suède un mauvais parti, ou encore quand la cadette demanda tout à trac, alors que je me garais en marche arrière devant la maison, pourquoi les nazis avaient tué les Juifs. Curieusement, d'une certaine façon, j'aimais être le témoin de ces moments où leur réalité sûre et sans danger se fissurait, car c'était alors tout autant elles qui faisaient leurs premiers pas dans le monde des adultes que lui qui s'infiltrait en elles, et je voyais dans cette évolution une conquête, la nécessité pour elles de trouver leur place dans cet univers. Un avide besoin de comprendre me semblait aussi important que leur besoin de se sentir en sécurité. Elles acceptaient sans poser de questions quelques aspects du monde adulte – ce qui existait entre ta mère et moi, ou entre nous et notre famille et nos amis, par exemple –, car ils définissaient en un certain sens leur existence, mais je remarquais que nous leur transmettions nos sympathies et nos aversions, qu'imperceptiblement, à leur manière, elles prenaient parti dans nos conflits, même implicites, comme mues par un besoin inconscient de rétablir l'équilibre.

Telle l'eau, elles se répandaient là où il y avait un vide, un passage, et contournaient les engorgements.

Durant notre séjour à Fårö, ta mère était renfermée, elle parlait peu, mais son humeur s'allégeait quand nous étions sur la plage, comme si le ciel très bleu et la lumière éclatante illuminaient aussi ses pensées sombres. Je ne prêtais pas attention à ce silence, car nous vivions un beau moment et je trouvais de multiples raisons de me réjouir. Non pas intensément ou de façon extatique, je dirais plutôt que nos journées m'emplissaient de petites bouffées de satisfaction. Le contact chaud du siège de la voiture contre mes cuisses quand je roulais en short. Le plaisir que nous soyons une famille fonctionnelle quand, une fois les sacs de plage chargés dans le coffre et tout le monde installé dans la voiture, je m'engageais sur l'étroit chemin gravillonné et ombragé. Le bourdonnement des insectes dans l'air, sur les fleurs, quand je fumais, assis à l'ombre, sur le banc contre le mur, ou quand nous étions tous attablés le matin autour du petit déjeuner dans le jardin où la chaleur se faisait déjà sentir. Le parking près de la plage, un pré qui me rappelait celui où mes grands-parents se garaient, dans mon enfance, quand ils prenaient le bateau pour se rendre dans leur petite maison de vacances. Les pneus noirs des voitures, l'herbe verte, l'ombre projetée par les bouleaux sous lesquels nous étions garés, l'air chaud, la légèreté de mes mouvements quand mon corps n'était vêtu que d'un short et d'une chemise. Le caractère assourdi de tous les bruits, qui rendait le silence dans le pré étonnamment palpable, presque pénétrant. La mer qui s'ouvrait face à nous quand nous arrivions avec nos parasols et nos sacs, notre démarche qui changeait dès que nous posions le pied sur la plage et que le sable cédait sous chacun de nos pas, les mouvements vers l'avant comportant alors aussi un léger recul. Et ce ciel bleu clair, le vent du large qui s'abattait sur nous, l'écume des vagues blanchâtres qui déferlaient sur le sable, leur chuintement, à la fois proche et lointain, qui faisait partie des lieux depuis toujours, qu'il y ait ou non des gens pour l'entendre, et grâce auquel je comprenais, dans un bref accès de joie, que nous nous trouvions sur une planète quelque part dans l'univers.

Nous marchions jusqu'à bonne distance des autres plaisanciers, je plantais le parasol dans le sable, lançais une serviette à chacun, m'allongeais par terre et m'allumais une cigarette pendant que tes sœurs et ton frère se changeaient et couraient jusqu'au rivage. Je n'aimais plus me baigner, toute eau à moins de vingt-cinq degrés me semblait froide, et je préférais rester allongé sur le sable chaud et regarder la mer, le ciel, les silhouettes des nageurs. Bientôt ils revenaient en courant, dégoulinants et parfois en frissonnant ; les yeux plissés face au soleil, ils nous demandaient soit de les rejoindre soit l'autorisation d'aller acheter une glace.

— Vous pouvez nous prendre des cafés aussi ? Avec du lait pour l'un et l'autre sans ? demandai-je un moment plus tard quand les filles se tinrent devant nous.

— Bien sûr qu'on peut, rétorqua l'aînée. Mais on ne veut pas. Pourquoi vous resteriez là sans rien faire ? On n'est pas à votre service non plus.

— Cette glace, vous la voulez ou pas ?

— Oui, on la veut, répondit ta plus jeune sœur en regardant la grande d'un air suppliant.

Je regrettai d'avoir posé un ultimatum, car le risque était maintenant qu'elle s'assoie et déclare ne pas en vouloir, bien qu'elle en meure d'envie. Nous nous retrouverions alors dans une vaine situation de conflit.

— Faites comme vous voulez, dis-je en sortant un billet de cent de la poche de mon short. Tenez.

Elles s'éloignèrent sur le sable, la peau bronzée par le soleil de l'été, les membres fins, leurs longs cheveux blonds ébouriffés par le vent. Leur frère revint vers nous quand il comprit qu'il se passait quelque chose, il demanda si lui aussi pouvait aller acheter une glace et il courut après ses sœurs.

— Ils sont adorables, n'est-ce pas ? dit ta mère assise à quelques mètres de moi en les regardant.

— Oui, dis-je. C'est vrai.

Nous gardâmes le silence un moment. Je n'avais aucune idée de la teneur de ses pensées. C'était désormais toujours le cas. Je ne me préoccupais plus autant de savoir si elle était ou non présente, alors que pendant de nombreuses années, en permanence, j'avais cherché à deviner ce qu'elle voulait, à satisfaire ses désirs ou à m'y opposer.

Je vivais cette distance comme une libération. Mais elle n'était pas constante.

— Peut-être aurais-tu toi aussi voulu une glace ? demandai-je.

— Non, ça va, dit-elle.

— Tu ne commences pas à regretter ? Si ?

— Regretter quoi ?

— Qu'on attende un autre enfant.

Elle me regarda longuement, comme pour essayer de deviner le cheminement de mes pensées. Puis elle secoua la tête.

— Il n'y a rien au monde que je souhaite plus, dit-elle.

Je me penchai en arrière pour attraper le paquet de cigarettes dans ma poche et en allumai une, en appui sur mon coude.

— Tu l'as annoncé à ta mère ? demandai-je après un moment.

— Bien sûr que non.

— Tu ne trouves pas qu'il serait bien de lui dire maintenant ?

— Maintenant ?

— Pourquoi pas ? C'est ta mère. Pour les autres aussi, nous lui avions annoncé tôt, non ?

Sa mère était une véritable force de la nature, or c'était exactement ce dont elle avait besoin, me semblait-il, l'entendre dire qu'il était merveilleux que nous attendions un autre enfant lui ferait du bien.

Avoir trois enfants dans un laps de temps aussi court, c'était un peu comme de s'arrimer à un mât pendant une tempête. La décision d'en avoir encore un autre maintenant que la tempête était derrière nous pouvait paraître inconsidérée et présomptueuse aux yeux de certains, surtout vu ce qui s'était passé l'été précédent.

Mais jamais ta mère n'avait été aussi en forme que lorsque ton frère et tes sœurs étaient petits.

— Tu as peut-être raison, répondit-elle. Elle se pencha vers son sac, en sortit son téléphone, composa un numéro et le colla à son oreille.

Je m'allongeai sur le dos et regardai mollement le ciel d'un bleu légèrement plus charbonneux derrière les verres fumés de mes lunettes de soleil, tout en écoutant la conversation. Nous sommes à Fårö, dit-elle, tout va bien, les enfants aussi, je t'appelle parce que j'ai une grande nouvelle à t'annoncer. J'entendis la réaction de sa mère, sa voix débordait de joie et d'affection. Ce qui ne traduisait pas forcément le fond de sa pensée, mais à son ton je la soupçonnais d'être sincèrement heureuse.

— Qu'a-t-elle dit ? demandai-je quand elle eut raccroché.

— Elle était contente.

— Tant mieux. (Je me redressai, enfonçai profondément le mégot de cigarette rougeoyant dans le sable.) Je me réjouis à l'idée de l'annoncer aux enfants.

— Comment vont-ils réagir, d'après toi ? demanda-t-elle. Elle me regarda en souriant.

Ce sourire me fit du bien.

Au même instant, leurs trois silhouettes familières surgirent au loin, au sommet des dunes. À la démarche des filles qui avançaient avec précaution, les bras tendus devant elles, je compris qu'elles nous avaient finalement rapporté un café.

Plus tard cet été-là, nous devions aller au Brésil. Tu vas finir par croire qu'avant ta naissance nous partions sans arrêt en voyage, mais il n'en est rien. D'ordinaire, nous faisions un séjour en Norvège pendant l'été, puis nous passions le reste du temps à la maison. Mais, l'année précédente, j'avais accepté de participer à un festival littéraire au Brésil et les organisateurs avaient bien voulu que ma famille m'accompagne. Ils n'avaient pas les moyens de nous payer les billets d'avion, mais ils nous offraient l'hôtel et s'occupaient de tout organiser pour nous. C'était l'hiver dans cette partie du monde et, après le festival, nous avions prévu de prendre un avion pour partir au chaud, vers le nord, où nous demeurerions une semaine dans un hôtel.

J'avais commencé à écrire une sorte de journal à ton intention, ou une longue lettre, dans lequel je te racontais qui nous étions, notre quotidien dans les mois qui avaient précédé ta naissance. Je ne sais pas vraiment pour quelle raison j'éprouvais ce besoin, mais je crois que j'avais dans l'idée que ton frère et tes sœurs auraient déjà six, huit et dix ans quand tu viendrais au monde, ils seraient donc assez grands et auraient une histoire commune, or je ne voulais pas que tu te sentes à la traîne, si tu vois ce que je veux dire. J'avais parfaitement conscience que tu ne serais pas en mesure de lire ce texte avant tes seize ans au moins, je le faisais donc surtout pour moi. Peut-être était-ce une façon de me préparer, de regarder le monde qui m'entourait avec tes yeux. De te faire une place.

La première phase de l'été, quand le fond de l'air reste frais, quand la chaleur disparaît au moindre nuage devant le soleil ou aux premières gouttes de pluie, donnant alors l'impression d'un temps froid où la chaleur de l'astre apparaît comme une tentative semi-ratée de nous réchauffer – à l'image de ces chauffages installés pour les fumeurs à l'extérieur des cafés et des restaurants – fut de courte durée cette année, car dès la fin juin les températures commencèrent à grimper quand un anticyclone s'installa au-dessus du pays, où il se maintint jusque tard en septembre. Je n'avais pas connu de plus bel été depuis celui où ta mère et moi avions commencé à nous fréquenter, dix ans auparavant, lorsque, profondément amoureux, nous nous promenions dans un Stockholm inondé de soleil, celui-ci se couchant chaque soir dans un horizon pareil à une mer de feu, pour laisser place à des nuits chaudes, claires et sans fin. Mais l'ambiance n'était pas la même dans l'Österlen, l'été avait d'autres effets ici, il créait une atmosphère différente de celle que l'on peut observer en ville, dans les espaces entourés de bâtiments d'où la musique s'échappe par les fenêtres ouvertes, quand les couples se promènent en plein après-midi dans les rues désertes, avec les parcs bondés, l'odeur de saucisses grillées et la fumée du charbon de bois, le bruit sourd des voiliers dans le port en contrebas, la rumeur des voix et des rires provenant des terrasses de restaurant, des rires devenant plus gras et plus forts au fil de la soirée, les taxis pirates qui, tels des requins, sillonnent les rues dans la nuit, les attroupements devant les discothèques et les kebabs au petit matin, quand le ciel pâlit à toute allure et qu'en un clin d'œil l'air s'emplit du chant des oiseaux, et hop ! à peine a-t-on eu le temps de dire ouf que le soleil s'abat déjà sur les toits et les façades, scintille dans les vitres, les antennes, sur le capot des voitures et la moindre étendue d'eau, tandis que les grands et vieux arbres au feuillage touffu dans les parcs projettent leur ombre généreuse sur les pelouses baignant dans une lumière aveuglante. On retrouvait certains de ces éléments dans l'Österlen, car ici aussi nous avions des villages et des petites villes pleines de touristes, ou des ports de plaisance avec des terrasses de restaurant, mais ce n'était pas la principale caractéristique de cette région – le charme de cette contrée, c'était le ciel bleu immense qui, où que l'on regarde, semblait s'étendre à l'infini, c'étaient les champs en dessous qui semblaient eux aussi s'étendre à perte de vue, des océans de blé sec et doré qui ondulaient dans la brise de l'après-midi jusqu'aux petits îlots formés par les fermes, leurs dépendances et leurs arbres, que plusieurs centaines de mètres séparaient les unes des autres. Et c'étaient les kilomètres de plages qui couraient le long de la côte, par endroits larges, tels d'épais rubans de sable au pied des dunes battues par les vents, par endroits étroites, quand les falaises plongeaient abruptement dans la mer ou quand la forêt poussait jusque sur le rivage. Le ciel de l'Österlen n'était pas plus haut que celui de Stockholm, bien sûr, mais ici nous avions aussi la mer qui créait un monde d'espace et de lumière.

Imagine ce paysage d'une parfaite immobilité, jour après jour. Pas le moindre souffle d'air, uniquement ce ciel d'un bleu soutenu, les champs opulents, les vieux arbres dans les cours, les terres sillonnées de routes étroites. Les nuages d'un blanc de craie qui lentement dérivaient au-dessus de nos têtes. Tous ces éléments réunis engendraient, en tout cas chez moi, un sentiment à la fois de solitude et d'appartenance. D'éternité et de proximité – ici, tout était petit, local, les maisons étaient isolées, les villages aussi, tandis que l'immensité du ciel semblait les entraîner vers l'infini, un infini non pas spatial mais temporel.

Comment t'expliquer ce sentiment ?

Peut-être l'éprouveras-tu un jour, peut-être pas.

L'important est que tu comprennes qu'il s'agissait d'une chose agréable. Le matin, à notre réveil – dès potron-minet donc, tes sœurs et ton frère, en tout cas les deux plus jeunes, se réveillant vers six heures qu'il y ait école ou non –, il faisait déjà assez chaud pour que je puisse aller chercher le journal dans la boîte aux lettres en short et le lise dans le jardin où le soleil tombait en plein sur les chaises et la table que nous avions installées contre le mur, sous les fenêtres de la cuisine.

J'entendais, juste à côté, le bruit des bourdons qui passaient lentement de pétale en pétale dans les plates-bandes longeant toute la maison, il y avait un petit perron en bois qui autrefois, quand les trois habitations n'étaient pas encore réunies, servait de porte d'entrée. Pour boire son café, ta mère avait l'habitude de s'installer à l'ombre du poirier, près du portail en bois presque entièrement recouvert d'une sorte de plante grimpante – contrairement à moi, elle n'aimait pas la lumière directe du soleil, elle avait le teint clair et une peau délicate.

Mais depuis notre retour de Fårö, elle ne s'y était pas assise une seule fois. Petit à petit, la noirceur s'était installée en elle, jusqu'à la submerger presque totalement. Je le remarquais à ses mouvements, de plus en plus lents, et à l'étendue de son rayon d'action, qui diminuait, et à sa conversation, devenue presque inexistante. Le matin, elle descendait lentement l'escalier, prenait lentement un yaourt dans le réfrigérateur, sortait lentement les céréales du placard, avant de s'installer à la table de la salle à manger et de les ingurgiter lentement tout en regardant fixement devant elle. Le reste de la journée, elle le passait à regarder des films dans le canapé. Elle déjeunait et dînait avec nous, puis, ce dernier repas terminé, elle montait se coucher dans la chambre au premier étage. Quand je l'y rejoignais, plusieurs heures plus tard, elle était allongée dans la pénombre, je lisais de la peur au fond de ses yeux : je ne tiendrai pas, me disait-elle tout bas. C'est toujours comme ça, répondais-je, et ça finit toujours par passer, ce n'est qu'une question de patience. Mais je ne tiendrai pas, insistait-elle, que dois-je faire ?

La vie qu'elle menait alors n'avait pratiquement plus rien en commun avec la nôtre. Un jour, je partis en ville avec les enfants pour acheter une piscine gonflable, je l'installai dans l'allée pavée entre les maisons et la remplis d'eau. Bien que cette dernière fût encore glaciale, les enfants s'y baignèrent. J'achetai aussi des raquettes de badminton et un filet que je montai au milieu de la pelouse, nous y jouions plusieurs fois par jour, soit en double soit en simple. Quotidiennement, des amis de tes sœurs et ton frère venaient nous rendre visite ou le contraire, les enfants étaient toujours au moins quatre. Nous déjeunions et dînions dehors, sur la table au bout de la maison d'été qui était séparée du reste du jardin par un portail, ce qui nous donnait un peu le sentiment d'être dans un monde à part, ou sur la table que j'avais installée à l'opposé, sous le pommier.

Le jardin n'avait rien d'impressionnant durant une partie de l'année, lorsqu'il n'était ni plus ni moins qu'un espace clos rectangulaire qui s'étendait sur une vingtaine de mètres devant les maisons, avec ses vieux arbres tordus aux branches nues, son herbe jaune pâle et la vision déprimante des meubles de jardin couverts de mousse, que personne n'avait pris la peine de rentrer à la fin de l'automne quand le temps était devenu trop froid et trop venteux pour qu'on s'en serve. Mais au cours du printemps, il connaissait une véritable métamorphose, la terre était tellement fertile que les plantes y poussaient de façon échevelée et à toute allure ; en été, son aspect rectangulaire disparaissait totalement, on distinguait avec difficulté ses limites, le vert semblait jaillir de partout, les arbres, les arbustes et les buissons formaient des passages labyrinthiques, et partout il y avait des fleurs de couleurs claires et magnifiques. Le jardin était conçu de manière à être constamment fleuri de début mars à fin août et les couleurs se déplaçaient lentement, selon la période de floraison de chaque fleur ; elles donnaient l'impression d'éclore tour à tour, pensais-je parfois, sur un plateau circulaire qui tournerait avec une infinie lenteur. Pendant quelques semaines au printemps, l'herbe sous le poirier était entièrement recouverte d'un tapis de fleurs bleues qui ressortaient particulièrement en l'absence de feuilles dans les arbres et sur la pelouse d'un vert encore grisâtre. Puis apparaissaient les crocus, les anémones des bois, suivis des tulipes, nous étions alors en mai et la végétation du jardin explosait. Venait le temps du lilas, puis des roses, et à la fin du mois d'août, alors que l'on pouvait croire la saison terminée, les plates-bandes presque ensevelies sous les branches, devant la partie est de la maison, éclataient soudain de couleurs : du mauve, du rouge clair, du rose, du bleu.

Et quand il pleuvait ! Quand l'humidité ambiante assombrissait la cime des arbres au feuillage touffu, que l'herbe mouillée était lourde et qu'un ciel gris se déployait au-dessus de cette végétation d'un vert foncé flamboyant, que de couleurs fantastiques, à la fois chatoyantes et fragiles, presque aussi légères que la lumière elle-même !

Mais le jardin n'était jamais aussi beau qu'au cœur de l'été, quand l'air chaud stagnait entre les arbres, ces derniers projetant leur ombre profonde dans la lumière verte, à la lisière de laquelle miroitait une multitude de taches qui vibraient dans l'après-midi quand se levait la brise de mer. Les enfants qui allaient et venaient en hurlant sous le jet du tuyau d'arrosage ou qui, tels des petits phoques blancs, se laissaient glisser dans la piscine ou qui, profondément concentrés, essayaient de taper dans le volant qui fendait l'air, un petit objet blanc et rouge sur le ciel bleu foncé. Ou qui étaient allongés à plat ventre, chacun sur leur couverture à l'ombre, avec l'ordinateur posé devant eux et les jambes repliées qu'ils balançaient doucement, distraitement. Le bourdonnement des guêpes, des bourdons, des mouches. Le bruit soudain, presque tonitruant, des chevaux mis en pâture de l'autre côté de la haie quand une subite envie de partir au galop les prenait, le plus souvent dans la relative fraîcheur des matins ou des fins d'après-midi, la terre tremblant sous la lourde pression de leurs sabots.

Cet été-là, la porte d'entrée demeurait en permanence ouverte, la distinction entre l'extérieur et l'intérieur avait presque entièrement disparu, les enfants marchaient pieds nus ou en sandales, ils se promenaient en maillot de bain, en short ou en jupe, ils mangeaient des tartines debout dans la cuisine quand ils avaient faim, ou alors me tannaient pour aller au magasin acheter une glace, qu'ils léchaient ensuite avec délectation dans le jardin.

Entre le monde extérieur et la réalité intérieure dans laquelle vivait ta mère, il n'y avait pratiquement plus aucun lien. Oui, c'était cela, le lien était rompu. Les choses qui lui semblaient belles quelques semaines seulement auparavant ne l'étaient plus, elles ne représentaient plus rien à ses yeux. Les choses qui lui semblaient bonnes quelques semaines seulement auparavant ne l'étaient plus, elles ne représentaient plus rien à ses yeux. Et ce, parce que le beau et le bon ont besoin d'être associés à quelque chose pour exister, d'un échange, de ce qui reste ouvert entre nous et le monde. En eux-mêmes, les choses et les événements ne signifient rien. Ils ne prennent un sens qu'à travers l'écho qu'ils éveillent. C'est cet écho qui nous relie au monde, or le monde ne trouvait plus d'écho en ta mère, voilà ce qui lui arrivait. Le lien était rompu, le monde lui était devenu hermétique.

Seules elle et la souffrance qu'elle éprouvait

existaient dans les ténèbres où elle vivait alors. Je le sais, ma puce, car je le voyais. Je voyais qu'il lui était insupportable d'être en vie, tout simplement. Elle passait la journée au lit et elle trouvait insoutenable d'être là, mais elle n'avait aucun autre endroit où se réfugier, le lit était associé au sommeil, à l'obscurité, qu'elle recherchait car le sommeil était sans souffrance. Mais elle ne pouvait dormir qu'un nombre limité d'heures par jour ; le reste du temps, elle restait couchée, les yeux fermés, sans bouger, à l'étage, dans la chambre la plus retirée de la maison, que le soleil qui cognait sur le toit rendait aussi chaude qu'une étuve. Pendant tout ce temps elle entendait probablement les bruits du monde à l'extérieur, auquel elle ne prenait plus part. Les hurlements, les cris, les rires des enfants quand ils jouaient dans la piscine. Le vrombissement de la tondeuse alors que je décrivais des cercles de plus en plus resserrés dans le jardin. Le claquement des portes des placards de la cuisine quand on les refermait, le cliquetis des tasses ou des verres ou de tous les autres objets que l'on attrapait ou que l'on rangeait. La radio que j'allumais dès que je commençais à préparer le repas, la voix d'un enfant appelant pour qu'on l'aide à faire je ne sais quoi. Les croassements des colonies de choucas qui se déployaient au-dessus des maisons, le soir, quand il en venait de toutes les directions à l'heure où ils rentraient pour dormir. La faible rumeur de la circulation sur la route plus loin avec, de temps en temps, le vrombissement net d'un moteur accompagné du crépitement des pneus sur l'asphalte quand une voiture pénétrait dans notre rue et passait sous la chambre à coucher. Les voisins dans leur jardin qui discutaient autour d'un verre de vin, leurs voix qu'ils pensaient certainement étouffées, mais qui portaient dans l'air tranquille de l'été. Les guêpes qui nichaient dans le conduit d'aération au-dessus de la fenêtre et qui, toute la journée, allaient et venaient en bourdonnant. La télé allumée à l'étage du dessous. Tous ces bruits, elle devait les entendre, car elle restait au lit nuit et jour. Je ne sais pas ce qu'ils représentaient pour elle, pas plus que la vie dont ils étaient l'expression, ce qu'elle pensait quand ils lui parvenaient. Mais si tout est noir, si tout fait mal, si le noir et la souffrance ont grandi au point d'occulter tout le reste, elle ne les entendait probablement pas. Ou alors, ils devaient lui paraître lointains, un peu comme les bruits de la réalité qui s'immiscent dans un rêve. Si elle en identifiait certains, les hurlements de joie de tes sœurs et ton frère par exemple, elle ne les assimilait sans doute pas à une chose agréable, pleine de promesses et d'amour, mais à une chose douloureuse, dont elle était et serait toujours exclue.

Elle traversait ce type de crise une fois par mois. Elles n'étaient pas toujours aussi fortes, mais suffisamment pour que ça la marque. Autrement dit, je m'y étais habitué. Et je m'étais d'une certaine façon blindé, pour ne pas me laisser atteindre par l'extrême souffrance que je lisais dans son regard, pour que cette douleur ne revête pas la même importance pour moi que pour elle. Car ce que ce regard quémandait, c'était de l'attention, et ce besoin d'attention était insondable. Il y avait aussi un aspect pratique dans notre vie que nous devions prendre en compte : non seulement nous avions trois enfants dont il fallait s'occuper, ce qui en soi n'était déjà pas une mince affaire, mais il nous fallait aussi gagner de l'argent, c'est-à-dire travailler. Cette pensée me taraudait en permanence et, quand les ténèbres déferlaient sur ta mère, quand la souffrance et l'angoisse la submergeaient telle une avalanche et qu'elle restait sans bouger au lit ou sur le canapé, je m'étais mis à l'ignorer, dans l'espoir qu'elle comprenne qu'elle seule pouvait se sortir de cette nasse.

À tout cela s'ajoutait cette fois-ci la déception. Cela faisait un moment que tout allait bien, le vent avait tourné, et nous attendions un enfant qui plus est. Ta future personne existait déjà, dans son ventre. Une nouvelle vie. Au cours d'un fantastique été. Avec trois enfants merveilleux qui couraient tout bronzés dans notre splendide jardin. Comment pouvait-elle ignorer cela ? Comment était-il possible qu'elle ne se rende pas compte que c'était formidable ?

Elle restait couchée sans bouger ni parler dans la chambre chaude et plongée dans la pénombre. Elle ne descendait manger que rarement. Son visage n'exprimait rien, on aurait dit un masque, il était totalement figé. Et ses gestes étaient aussi lents que ceux d'une personne très âgée. Lentement, très lentement, la main sur la table se soulevait, les doigts crispés autour de la fourchette au bout de laquelle était plantée une pomme de terre. Lentement, très lentement, elle se dirigeait vers sa bouche qui, lentement, s'ouvrait. Pour peu qu'elle lève les yeux vers moi, je croisais un regard rempli de souffrance. Un soir, alors que les enfants avaient quitté la table, elle finit par dire tout bas, dans un murmure presque inaudible :

— Que vais-je bien pouvoir faire ?

Je n'en peux plus.

Que vais-je bien pouvoir faire ?

Je ne tiendrai pas.

Cela ressemblait à une prière. Elle donnait l'impression de se raccrocher à ces deux phrases, comme si elle n'avait plus qu'elles. Pour lui montrer que je n'acceptais pas cet état d'esprit, qu'elle n'obtiendrait rien de plus de moi, je répondais d'une voix forte. À travers cette voix forte, je lui opposais une fin de non-recevoir, je rejetais ce qu'elle sous-entendait avec cette prière, l'idée qu'il ne lui restait plus qu'elle. Il y perçait aussi de l'agacement. J'étais las de ses chuchotements, de son absence de réaction, de sa passivité, de son désespoir, de sa façon de tourner le dos au monde.

— Ça passera, dis-je. Ça finit toujours par passer.

Puis je sortis de table et commençai à mettre les assiettes dans le lave-vaisselle.

Elle me suivit, elle marchait à pas lents, les avant-bras à la perpendiculaire, comme si elle portait quelque chose. Mais dans ses mains, il n'y avait rien.

Je me retournai et la regardai d'un air exagérément interrogateur.

— Nous ne pouvons pas partir, murmura-t-elle.

Ses yeux brûlaient.

Non pas de lumière, mais de noirceur.

— De quoi parles-tu ? dis-je tout haut en la fixant. Où est-ce que nous ne pouvons pas partir ?

— Au Brésil, dit-elle d'une voix presque inaudible.

— Pardon ?

— Au Brésil, répéta-t-elle. Nous ne pouvons pas partir au Brésil.

— Bien sûr que si ! Ça te passera. C'est toujours pareil. Tu restes au lit pendant quelques jours, voire une semaine, et puis ça finit par passer.

— Ce n'est pas possible, murmura-t-elle.

— NOUS NE POUVONS PAS ANNULER, criai-je. TU COMPRENDS ÇA ? NOUS NE POUVONS PAS ANNULER !

Elle me regarda. Son regard avait beau exprimer une immense souffrance, je le soutins jusqu'à ce qu'elle baisse les yeux. Puis je me retournai et continuai à remplir la machine. Elle demeura derrière moi un moment, c'était insupportable, je devais lutter pour ne pas céder à l'envie de me retourner et lui donner ce qu'elle attendait de moi. Mais je résistai, je vidai les verres encore remplis d'eau dans l'évier et les mis tête en bas dans l'égouttoir du haut. J'ouvris le robinet et gardai une assiette sous le jet d'eau en la faisant tourner lentement.

Dans mon dos, j'entendis ses pas quitter la pièce et disparaître dans l'escalier.

Je rinçai les autres assiettes, les rangeai les unes derrière les autres dans l'égouttoir du bas, laissai tomber tous les couteaux et fourchettes manche tourné vers le bas dans le panier à l'angle, versai la poudre dans le petit bac, refermai la machine et appuyai sur le bouton. Puis je me versai une tasse de café et sortis dans le jardin.

Pendant un long moment, assis à la table sous la fenêtre de la cuisine, je regardai autour de moi. Dans le ciel, le soleil était au sud-ouest et les ombres sur la pelouse commençaient à s'allonger. Les enfants se trouvaient à l'intérieur, mais il restait de nombreuses traces de leur passage. La paire de sandalettes dans l'allée pavée devant la piscine bleue en plastique, avec leurs lanières roses, leurs semelles en liège beige, une des deux chaussures était retournée. Le pistolet blanc et orange de Star Wars posé contre le tronc du pommier, les serviettes en boule éparpillées sur la pelouse, le vélo par terre que j'entrapercevais derrière le portail, sous les chênes scintillant dans la lumière du soleil. Les peluches dans l'herbe au pied du mur en brique, là n'était pas leur place en temps normal, mais les enfants les avaient sorties quelques jours auparavant et ne les avaient pas rentrées. Un ours polaire, un panda, un tigre et une chouette pour autant que je pus en juger. Un débardeur bleu à pois blancs, lui aussi à côté de la piscine. Un ballon de foot dans la plate-bande à cinquante mètres de l'endroit où j'étais assis, le demi-cercle de lavande écrasée sous le cuir jaune, un ballon de basket bleu sous la fenêtre de mon bureau, l'étui des raquettes de badminton un peu plus loin.

J'avais encore le réflexe de vouloir la soulager. Il demeurait bien ancré en moi. Je devais faire preuve d'un énorme effort de volonté pour résister au besoin de monter la voir pour lui demander pardon, de façon à rétablir l'équilibre.

Ce n'était cependant pas l'équilibre entre nous qui serait rétabli, me dis-je, mais mon équilibre personnel. Ce n'était pas par bonté que je voulais monter la voir, mais par faiblesse. J'étais incapable de me montrer dur, incapable de me montrer conséquent, incapable de résister. Il lui suffisait de me lancer ce regard où se lisait un immense désespoir, une peur intense, pour que je cède, pour que je lui donne ce qu'elle demandait. Et si je tenais tête à ce regard, ce que ma raison me soufflait de faire, car cet état était destructeur, une tempête de culpabilité et de honte se déclenchait en moi.

Pourquoi ne pas me montrer bon, tout simplement ?

Pourquoi ne pas témoigner de la gentillesse et de l'amour, tout simplement ?

Cela me faisait du bien à moi aussi, après tout.

Malheureusement, ce n'était pas aussi simple que cela. Car si je cédais, j'acceptais que notre famille vive sous la coupe de l'angoisse. Or ce voyage était organisé depuis près d'un an. C'était une expérience que je voulais offrir aux enfants, je voulais qu'ils aient la chance de découvrir l'Amérique du Sud, de visiter le Brésil, Rio de Janeiro, un voyage qu'ils n'oublieraient jamais, espérais-je.

Putain de bordel de merde, fait chier !

J'écrasai la cigarette dans le pot de fleurs sous la table, avalai une gorgée de café et allumai une nouvelle cigarette. J'allongeai mes jambes. Ça sentait l'herbe coupée, car j'avais tondu la pelouse un peu plus tôt dans la journée. La tondeuse était restée à l'endroit où je l'avais laissée, sous le pommier au fond du jardin. Même si je n'éprouvais plus pour les objets que j'achetais un sentiment de propriété aussi fort que dans mon enfance et ne considérais pratiquement plus aucune affaire comme étant la mienne, à l'exception des vêtements et des livres, je constatai que j'appréciais de voir la tondeuse à cet endroit-là, la couleur jaune métallisé au milieu de tout ce vert organique.

Je me levai et partis au fond du jardin, l'herbe douce me chatouillait la plante des pieds, je tirai sur le cordon de la tondeuse qui démarra au bout de deux tentatives seulement, sans doute parce que je venais de l'utiliser.

Une fois le reste de la pelouse tondu, une demi-heure plus tard, je relâchai la poignée et le moteur s'éteignit, puis je poussai la tondeuse sur l'herbe rase, dans l'allée pavée et jusque dans la véranda de la maison d'été qui était pleine d'outils de jardinage, de seaux, de baquets, de jouets, de valises et de tout ce que nous n'avions pas la place de ranger dans la maison. Je rentrai la tondeuse au milieu de ce bazar, fermai la porte et allai dans le salon où les enfants, avachis dans différentes positions sur le grand canapé d'angle, regardaient la télé. Le canapé gris couvert de taches ressemblait à une falaise, pensai-je, et les enfants à des lémuriens qui se prélasseraient dessus. Avec leurs articulations très souples, aucune position ne leur était interdite : ton frère, allongé sur le haut du dossier, laissait pendre une main sur le côté ; une de tes sœurs était étendue sur le ventre, avec les deux mains sous le menton, tandis que l'autre, couchée sur le côté, avait la tête posée sur l'angle du canapé et un pied sur le sommet du dossier.

— Ça va ? demandai-je.

— Oui, répondit ton frère.

— Vous aussi ?

Je me tournai vers tes sœurs.

— Oui, ça va.

— Vous regardez la télé ?

— Non, papa, on regarde par la fenêtre, rétorqua ta sœur aînée. Vu toutes les choses excitantes qui se passent dehors…

— Bien envoyé, dis-je. Je sors travailler un peu. Venez me chercher s'il y a quoi que ce soit.

— Elle est où, maman ?

— Là-haut.

— Pourquoi on ne peut pas aller la chercher ?

— Rien ne vous en empêche. À vous de voir.

Je pénétrai dans la petite maison que par un léger euphémisme nous appelions « le bureau » et écrivis quelques pages de la lettre que je te destinais, je racontai ce que nous avions fait ce jour-là. À aucun moment, je ne mentionnai ta mère ou son état. Puis je retournai dans la maison, ouvris le hublot du sèche-linge dans la salle de bains et en sortis le tas de vêtements qui s'y trouvait. Ils étaient encore un peu chauds et je pressai mon visage dessus, le contact des vêtements chauds sentant le propre sur ma peau avait quelque chose de puérilement bon.

Je balançai les affaires sur le tas de linge qui encombrait déjà le lit placé contre le mur, dans la pièce située à l'opposé du salon dans la maison. C'est dans cette pièce en forme de L que ta mère travaillait. Au fond, sous une fenêtre donnant sur le jardin, il y avait son bureau, que nous avions acheté chez un antiquaire du coin peu après notre emménagement. Il datait du milieu du XIXe siècle et, de tous nos meubles, il était mon préféré. Les années l'avaient fendillé et patiné, mais il restait robuste et fonctionnel.

J'aimais toutes les traces laissées par le temps qui passe. Un des murs était entièrement recouvert d'étagères où elle avait mis des photos des enfants, de moi, en plus de ses livres. La proportion de femmes parmi les auteurs était nettement plus importante que dans ma propre bibliothèque. En général, la pièce changeait légèrement quand ta mère était en forme, elle s'attachait à des choses différentes dans ces moments-là, elle achetait d'autres types de vêtements ou d'objets, et je m'étais rendu compte qu'elle avait du mal à assumer ce comportement quand elle rechutait, sans doute en avait-elle honte aussi puisqu'elle se débarrassait de ces objets et cessait de porter les vêtements.

Ces différents aspects chez elle constituaient sa personnalité, mais au lieu d'être centrés autour d'un moi et d'en représenter des facettes – je la soupçonnais, par exemple, d'aimer certains de ses achats ou des objets qu'elle ressortait parce qu'ils lui rappelaient les bons moments passés avec sa grand-mère quand elle était petite –, ces aspects devenaient parfois un moi à part entière qui prenait totalement le dessus.

Elle détestait cela. Elle ne souhaitait rien de plus au monde que de se libérer de cette emprise. Ça lui gâchait la vie, disait-elle souvent. Elle ignorait quelle était cette chose en elle qui prenait le dessus.

Qui était-elle alors, quand elle n'était pas elle-même ?

Je me mis à plier les vêtements et les empilai en petits tas sur le sol devant moi ; un pour les serviettes, un pour les draps, un pour chaque enfant et un pour nous. Dans le jardin, dont la lumière entrait par trois fenêtres, les couleurs commençaient à perdre de leur éclat. L'herbe devait désormais être un peu plus froide sous les pieds, pensai-je. Tandis que l'air demeurait chaud et agréable.

Quand je me couchai ce soir-là, peu après les enfants, ta mère dormait. Je restai quelques secondes à la regarder, avec sa jambe tendue au-dessus de la couette qu'elle donnait l'impression de serrer contre elle, et je pensai à toi : tu étais dans ce ventre, me dis-je. Ou en tout cas cet embryon de vie qui deviendrait toi. Je savais que trois mois était une sorte de cap ; avant cela, tout pouvait arriver, or toi, ou plutôt cet embryon qui deviendrait toi, tu n'existais que depuis six ou sept semaines.

Mais je restais convaincu que tout irait bien.

Il faisait horriblement chaud dans la chambre. Je me penchai pour ouvrir la fenêtre au bout du lit : tandis que l'air du soir affluait dans la pièce, un couloir invisible où régnait un semblant de fraîcheur apparut. Je me déshabillai et me couchai de mon côté du lit.

Elle ouvrit les yeux et me regarda.

— Nous ne pouvons pas partir, déclara-t-elle. Tu m'entends ? Ce n'est pas possible.

— Il reste encore cinq jours. On ne peut

pas attendre un peu et prendre la décision le moment venu ?

Elle ferma les yeux un instant. Puis les rouvrit et dit :

— Je ne peux pas. Je ne peux pas.

Je soupirai et me couchai sur le côté sans lui souhaiter bonne nuit.

Quelques jours plus tard, nous étions dans la voiture, en route pour Ystad : je la conduisais à un rendez-vous chez un psychiatre. À ce moment-là, j'avais annulé le voyage au Brésil et annoncé aux enfants que nous ne partirions pas. Ta plus jeune sœur pleura en l'apprenant, elle se réjouissait tant. Mais ils s'en remirent, l'été était magnifique, il ne se passait pas une journée sans que nous allions à la plage, ils n'étaient donc pas à plaindre. Les organisateurs m'envoyèrent plusieurs e-mails dans lesquels ils tentèrent de nous convaincre de venir malgré tout, puis ils me suggérèrent de venir seul. Je leur avais écrit que je devais annuler ma venue pour cause de maladie dans la famille, sans être plus précis, et pour eux il pouvait s'agir de n'importe qui ou n'importe quoi. Mais j'étais en colère, contre eux, contre ta mère, contre le fait que le mauvais côté des choses finissait toujours par l'emporter.

Ce jour-là encore, le soleil inondait le paysage. Nous traversâmes la forêt de Sandskogen, où la cime des arbres au feuillage épais nous enserrait tels les murs d'un tunnel. Il y avait beaucoup de circulation, comme toujours en été. Nous passâmes devant le camping bondé de tentes et de camping-cars, je jetai un coup d'œil en contrebas, de l'autre côté de la route : j'aperçus l'éclat bleu de la mer au-dessus du parking. Mais cette vue me laissa de marbre, j'étais d'humeur noire, je me sentais empli d'un sentiment de désespoir. Tous les gens en tenue d'été devant le kiosque, en route vers la plage ou assis aux terrasses des restaurants, défilaient devant mes yeux sans que je les remarque ; tout m'était indifférent.

Quand ta mère habitait à Stockholm, elle suivait une thérapie, un des inconvénients de notre installation dans une autre ville était qu'elle avait dû y mettre fin. Elle n'en entama pas de nouvelle à Malmö, ni à Ystad ; le rendez-vous auquel elle se rendait ce jour-là était simplement destiné à renouveler ses prescriptions. Elle m'avait demandé à plusieurs reprises de l'aider à trouver un thérapeute ou un endroit où elle pourrait être suivie. Je ne peux pas agir à ta place, avais-je répondu. Comment voulait-elle que je fasse ? Je n'avais aucun contact dans ce milieu. Et pourquoi serait-ce à moi de m'en occuper ? Elle était adulte, c'était sa vie, c'était de sa responsabilité, de la même manière que ma vie relevait de ma responsabilité.

Quand elle avait été au plus mal à Malmö, j'avais appelé un psychologue qui nous avait donné un rendez-vous, en vain, car l'écart entre lui et sa réalité à elle était trop grand. Il voulait savoir comment elle vivait le fait d'être mariée à un écrivain connu ou en quoi ses absences dans la vie quotidienne affectaient notre relation. Mais elle était bien au-dessus de cela, muette et catatonique, au bord d'un océan d'obscurité qui l'aspirait, autant dire que la question de la répartition des tâches à la maison la dépassait totalement.

Il en était de même à ce moment-là, trois ans plus tard, alors que nous nous rendions chez un autre médecin. Un silence similaire régnait dans la voiture. Je me garai sur une grande place asphaltée dans une zone industrielle, au milieu des entrepôts et des bureaux, et nous marchâmes sous un soleil de plomb jusqu'au bâtiment où se trouvait le médecin. Il s'agissait d'un jeune homme à lunettes, qui me donnait l'impression d'avoir à peine la trentaine. Assis derrière le bureau, avec ta mère et moi en face de lui, il lisait son dossier. Ils procédaient toujours ainsi, ils ne connaissaient pas les patients, et leurs questions étaient par conséquent toujours identiques. Le médecin s'excusa de ce que le turn-over dans ce centre était aussi important. Il interrogea brièvement ta mère, qui pouvait à peine parler. À ce qu'il voyait, dit-il, elle était profondément déprimée, il se devait par conséquent de lui demander si elle avait des pensées suicidaires. Il s'écoula un long moment avant qu'elle secoue la tête. On peut vous faire confiance ? insista-t-il. Vous ne ferez pas de bêtise ?

— Non, répondit-elle.

Nous allâmes chercher les médicaments à la

pharmacie, puis nous partîmes récupérer les enfants que nous avions confiés à différents amis et ta mère remonta se coucher.

Jusqu'alors l'idée ne m'avait pas effleuré qu'il pût y avoir un quelconque risque de suicide. J'avais lancé un regard surpris au médecin quand il le lui avait demandé. Je ne le croyais pas non plus maintenant, en réalité. Pour le médecin, cela faisait partie du protocole, quand il avait en face de lui un patient aussi déprimé, il était de son devoir de poser la question.

Elle avait trois enfants pour qui elle représentait tout, et elle en attendait un autre.

Je voyais qu'elle luttait pour ne pas craquer et je savais aussi qu'elle y parviendrait, que bientôt elle remonterait la pente.

Néanmoins, le lendemain, alors que nous étions sur le point de partir, je descendis de voiture, je demandai aux enfants de m'attendre quelques minutes et j'allai voir ta mère dans sa chambre.

— On y va, annonçai-je.

Elle me regarda.

— Ça va, n'est-ce pas ? demandai-je.

Elle hocha à peine la tête.

— Tu ne vas pas… tu vois ce que je que veux dire, faire une bêtise ?

Elle secoua la tête.

— Salut, alors. À ce soir.

Nous avions prévu de nous rendre dans un parc aquatique plus au nord, non loin de Tomelilla. Nous y allions une fois chaque été.

Les enfants commençaient à nous tanner dès le début de la saison. Outre les piscines et les toboggans de toutes les formes et en tous genres, il y avait un parc d'attractions sur place auquel le billet d'entrée donnait un accès illimité.

Une fois où je passais devant en voiture, j'avais mal lu le panneau : LE PARC D'ATTRACTIONS DE L'ÂME, avais-je vu. C'était bien sûr prendre mes désirs pour des réalités, car il était en fait écrit : LE PARC D'ATTRACTIONS DE SCANIE. Mais le parc d'attractions de l'âme ! Difficile de trouver nom plus attirant, pensai-je alors que nous roulions, avec ta sœur aînée sur le siège passager et les deux autres à l'arrière. Je pris la route du château de Tosterup. Construit au XIVe siècle, il se trouvait à deux kilomètres de chez nous. Bien que modérément haute, la bâtisse de brique jaune était visible de loin. Avec ses épais murs courbés, sa tour et ses douves entourées d'un parc, elle détonnait étrangement dans ce monde de paysans. Ce château était un de mes endroits préférés dans les environs, non seulement parce qu'il datait de l'époque de Dante et qu'il avait accueilli, lorsque la Scanie était encore danoise, le jeune Tycho Brahe qui venait passer ses étés chez son oncle alors seigneur du château, mais aussi parce qu'il était le témoin d'une structure sociale ancienne et concrète : c'était dans ce petit château aux murs courbés d'un mètre d'épaisseur, protégé par des douves et entouré de forêts et de terres agricoles qu'étaient donnés tous les ordres et engrangées toutes les ressources locales. Aujourd'hui encore, Tosterup demeurait une propriété privée, une famille y habitait. Il m'évoquait la France de Montaigne, l'indolence de la vie à la campagne dans le monde de l'aristocratie, et les romans historico-fantastiques de Calvino, que j'adorais, *Le Baron perché* ou *Le Vicomte pourfendu.*

J'étais heureux qu'il existe un lieu pareil à quelques pas de chez nous, même si je n'allais le visiter que quand nous avions des invités. Mais tous les jours, je l'apercevais de loin quand je me rendais à Ystad ou en revenais, la façade jaune au milieu des arbres et le toit de tuiles rougeoyant à peine plus haut que leur cime, qui flamboyait dans le soleil couchant.

Ce matin-là, je passai devant à vive allure alors que nous filions au milieu des champs de blé à la lisière de la forêt, avant de traverser un village, de franchir la voie ferrée et de redescendre jusqu'à une petite rivière, à moins qu'il ne s'agisse d'un grand ruisseau, où le vert vif de la végétation paraissait presque artificiel après les nuances poussiéreuses de jaune et de beige des champs de blé secs inondés de soleil. Dans ceux-ci, j'aperçus d'énormes silos à grains qui ressemblaient presque à des petites usines – mais peut-être en était-ce ? –, puis nous parvînmes sur un plateau qui, dans ce paysage plat, s'apparentait surtout à une plaine de haute montagne, et enfin nous débouchâmes sur la grande route.

Ton frère et tes sœurs étaient excités ; par-dessus la musique que je mettais toujours en voiture, je les entendais rire et parler, notamment de la première chose qu'ils feraient en arrivant.

Sur place, nous devions retrouver une autre famille, celle de la meilleure amie de ta sœur aînée quand elle était au jardin d'enfants à Malmö. Bien qu'elles eussent désormais onze ans, elles avaient gardé le contact. Ses parents, sa petite sœur et elle passaient une semaine dans un chalet à Sandskogen, juste à l'extérieur d'Ystad. Son père était l'homme le plus calme et le plus équilibré que je connaisse. Il avait étudié la philosophie et écrit une thèse sur Wittgenstein et le bouddhisme qui avait donné lieu à un livre, mais il travaillait aujourd'hui dans un tout autre domaine, un cabinet de conseil qu'il avait lui-même créé. La mère, qui était danoise, exerçait en tant qu'infirmière dans un centre d'accueil pour toxicomanes à Malmö. Elle parlait doucement et se montrait légèrement timide. Elle et son mari faisaient partie de ces rares couples qui ne semblent souffrir d'aucune dissension, où tout semble aller bien, leur relation était de celles que l'on imagine durer une vie entière. Certes, il y a aussi tout ce que l'on ne voit pas et rien n'est plus facile que d'afficher une façade, je connaissais ainsi plusieurs couples parfaits qui n'étaient plus des couples, mais s'il est une chose que l'on ne peut pas feindre, c'est l'harmonie et la confiance mutuelle.

J'espère que tu auras toi-même un jour la chance de les rencontrer. Ce ne sont pas des amis proches, je ne maîtrise pas assez l'art de la conversation pour avoir des amis proches, d'autant plus que, étant en permanence dans l'introspection, ce que les gens ne manquent pas de remarquer, personne ne tente de pousser trop loin nos discussions. Pour peu que quelqu'un s'y essaie, en général, je rentre dans ma coquille. Ton père est ainsi, ma puce, un peu sauvage, pas nécessairement parce que je le veux mais parce que c'est l'homme que je suis devenu, et aussi parce que cette vie, seul devant le clavier et l'écran, me paraît plus facile.

Mais peut-être est-ce ce que je veux, après tout ? Ce n'est pas une qualité, un trait de caractère que l'on souhaite voir chez quelqu'un, mais cela fera partie de ta vie, et je crois que c'est pour cette raison que j'écris ces mots, comme une sorte d'apologie pour le jour où tu liras ces lignes. Car, le moment venu, je veux que tu aies une bonne opinion de moi. Que tu aies une bonne opinion de nous cet été-là, alors que nous traversions des moments si difficiles.

Avec les années, je suis devenu plus déterministe, je pense de plus en plus qu'on n'a pas vraiment le choix, qu'on gère les situations qui surviennent à partir de la personne que l'on est, et la personne que l'on est se trouve façonnée par les situations que l'on a rencontrées et gérées au cours de sa vie. Ce n'est pas une façon d'excuser les fautes ou les actions déplacées ou mal intentionnées, mais si j'en juge par ma propre expérience, nous sommes tous, quelque part, prisonniers de nous-mêmes ; chacun perçoit la réalité à sa manière et agit en conséquence, alors qu'il nous manque le recul qui nous permettrait de comprendre qu'il existe une multitude d'autres réalités qui justifieraient que nous agissions autrement.

C'est pourquoi j'ai écrit auparavant qu'il n'y a rien de plus humain que l'aveuglement. L'aveuglement n'est pas un mensonge, mais un mécanisme de survie. Toi aussi, tu te voileras la face, la question est de savoir jusqu'où. Je n'ai qu'un seul conseil à te donner : efforce-toi de garder à l'esprit que les autres peuvent voir ou vivre la même chose que toi de façon totalement différente, et qu'ils sont tout autant que toi dans leur droit.

Mais c'est compliqué. Je ne connais peut-être même rien de plus compliqué que cela. Car parallèlement il est important de ne pas se trahir, de camper sur ses positions et de penser par soi-même, et non en fonction des autres. Il est si facile d'embrasser une image de la réalité et de se laisser influencer par elle, même si sur certains points elle va à l'encontre de ce qu'on ressent, vit et pense. Que fait-on alors ? La solution la plus simple consiste à adapter ses sentiments, sa perception des choses et ses convictions, car cette image de la réalité est souvent plus facile et agréable à accepter que la réalité elle-même. Et nous voilà revenus à l'aveuglement, l'erreur la plus humaine qui soit.

Et peut-être la pensée qui suit n'est-elle

elle-même qu'une illusion : l'idée qu'il n'est en rien souhaitable de rechercher une vie facile, que le choix de la simplicité n'est jamais la solution la plus louable, que seule une vie difficile mérite d'être vécue.

Je ne sais pas. Pour ma part, je crois que c'est vrai.

Pourtant, cela va à l'encontre de ce que je vous souhaite, à toi, ton frère et tes sœurs, à savoir une longue vie simple, facile et heureuse.

Après vingt minutes de trajet, la dernière partie à cent kilomètres heure sur la grande ligne droite vallonnée de la vallée de Fyledalen, avec la vitre baissée et l'air s'engouffrant dans l'habitacle, je tournai à gauche, descendis la longue pente, m'engageai sur un chemin gravillonné et pénétrai dans un grand champ plein de voitures. Je trouvai à me garer sur la bande d'herbe le long de la haie, c'était parfait, nous étions à l'ombre sous le feuillage d'un grand arbre, or tout semblait indiquer qu'une journée extrêmement chaude nous attendait.

Je mis pied à terre et j'ouvris la portière arrière coulissante aux enfants, j'attrapai le sac contenant les serviettes et les maillots de bain, verrouillai l'auto, allumai une cigarette et emboîtai le pas à tes sœurs et ton frère qui étaient déjà loin devant, en route vers l'entrée située sur une petite colline au bout du parking. Là, on nous remit à chacun un bracelet, puis nous poursuivîmes notre chemin sous un soleil de plomb. Il n'y avait pas âme qui vive sur le premier terrain de jeu, immense, avec ses cordes, ses échelles, ses tours et ses tunnels ; les matelas en plastique sur lesquels on pouvait sauter devaient être brûlants.

De là, nous avions vue sur le terrain en contrebas, où le plus long des toboggans s'étendait sur au moins cent cinquante mètres. Les gens s'élançaient du haut de la structure, loin au-dessus de nos têtes, allongés sur des sortes de tapis qui prenaient tellement de vitesse que les enfants étaient encore trop jeunes s'y essayer, heureusement, car j'aurais alors dû les accompagner, or il y avait longtemps que ça ne m'amusait plus de me jeter dans le vide, même dans un cadre aussi sécurisé que celui-ci.

L'espace aquatique commençait à dater et n'avait pas très bien vieilli, il n'y avait rien de high-tech, tout y était manuel et les attractions, basées sur la gravité, c'est la raison pour laquelle je l'aimais bien, l'ensemble faisait très seventies. Et puis c'était spacieux, les bassins et les toboggans étaient dispersés sur un grand terrain, avec une petite place au centre où étaient regroupés les boutiques et les cafés, et les grandes étendues qui séparaient les attractions du parc rappelaient un jardin public.

Nos amis se trouvaient sur la pelouse devant l'une des plus petites piscines, et je m'assis quelques minutes avec eux pendant que les enfants se changeaient dans les cabines du vestiaire derrière nous. Pour une raison indéterminée, je ressentais le besoin d'annoncer que nous attendions un enfant, mais bien sûr je n'en fis rien, je parlai à la place de la vie à Malmö et de leur petite dernière qui irait bientôt au même jardin d'enfants que sa sœur, une crèche parentale qui impliquait un investissement non négligeable de la part des parents – chacun devant s'acquitter d'une tâche qui, dans certains cas, se révélait chronophage, en plus d'assurer le ménage à tour de rôle et de garder les enfants une semaine par semestre. Cette partie-là ne me manque pas, plaisantai-je. Ils sourirent, ce n'était pas non plus ce qui les réjouissait le plus, répondirent-ils.

— Mais ça avait de bons côtés aussi, dis-je. Au moins, les enfants connaissaient tous les parents.

— Ton fils est lui aussi en crèche parentale, non ? demanda le père.

— C'était sa dernière année. Il entre à l'école en août.

— Ah oui. Qu'est-ce que ça passe vite !

— Je ne te le fais pas dire. *Woups*, et tout à coup ils ne sont plus là !

Je regardai leur dernière qui, assise sur les genoux de sa mère, nous observait, jusqu'à ce que son regard croise le mien, là elle baissa les yeux.

— Ce n'est pas encore pour tout de suite avec elle, dis-je en souriant.

Au même instant, les filles accoururent vers nous. Elles voulaient qu'on les accompagne. J'enroulai une serviette autour de ma taille, retirai mon short et enfilai mon maillot tout en gardant un œil sur elles qui se précipitaient sur la pelouse près d'un des toboggans que l'on descendait dans de grandes bouées jaunes en forme de pneu ; je sentis que j'appréhendais. Non pas que j'aie peur, mais l'eau était rudement froide dans ces piscines.

Après avoir passé la matinée dans l'eau et sur les toboggans, nous partîmes déjeuner avant de rejoindre le parc d'attractions où nous restâmes tout l'après-midi. Je partageai une auto tamponneuse avec ton frère, tandis que tes sœurs conduisaient chacune la leur, je fis des montagnes russes avec eux et je m'assis dans une de ces tasses à thé géantes qui tournent à toute vitesse. Je leur souris quand l'engin se mit en mouvement, ils rigolèrent, mais soudain, ce fut comme si on enclenchait la vitesse supérieure, je ne m'attendais pas à tourner aussi vite et, je ne sais pour quelle raison, j'éclatai de rire, non pas un rire contrôlé et pondéré comme à mon habitude, mais totalement débridé, une joie intense bouillonnait en moi et je riais, je riais alors que nous tournions dans cette tasse à thé aux couleurs criardes dans un parc d'attractions miteux et je remarquai le coup d'œil surpris que me lancèrent les enfants, avant de s'esclaffer eux aussi.

— Qu'est-ce que tu as rigolé, papa ! constata ta plus jeune sœur quand, le tour de manège terminé, nous descendîmes.

— Oui, effectivement. Mais c'était marrant !

— D'habitude, toi, tu ris comme ça, dit-elle, et elle m'imita : Hum, hum, hum. Mais là, tu riais vraiment.

— C'est exact, dis-je. T'as trouvé ça drôle ?

Elle hocha gravement la tête et leva les yeux vers moi.

— On y retourne ?

Sur le chemin du retour, en fin d'après-midi, les enfants somnolaient sur leur siège sans piper mot. Je n'avais pas pensé à ta mère depuis plusieurs heures ; ce fut seulement en m'asseyant dans la voiture chaude, dont le cadre m'était si familier, que je pris soudain conscience qu'elle était seule à la maison, au lit, dans l'atmosphère étouffante de la chambre, le cœur noir et plein de désespoir.

Je parcourus les trente kilomètres à vive allure, dans un paysage qui me semblait lui aussi assoupi, silencieux, repu de soleil, de chaleur, prêt à recevoir la caresse fraîche de la brise de mer, à baigner dans l'obscurité étoilée de la nuit.

— Coucou ! criai-je en pénétrant dans l'entrée. On est de retour !

Aucune réponse. Je montai dans la chambre. Elle se redressa à demi, en appui sur ses coudes.

— Quelle heure est-il ? demanda-t-elle.

Je vis aussitôt qu'elle s'était libérée de quelque chose. Je notai un regain de force dans son regard, bien qu'il demeurât sombre.

— Un peu plus de six heures. T'as mangé ?

Elle hocha la tête.

— Nous, on a déjeuné tard. Et puis on s'est empiffrés de glaces et de trucs de ce genre. Si on sautait le repas ?

De nouveau, elle hocha la tête.

En redescendant, je découvris qu'elle avait nettoyé la cuisine, lavé la vaisselle et rangé les assiettes et les couverts à leur place sur les étagères.

Le lendemain matin, elle se leva, prit son petit déjeuner et remonta se coucher. Je conduisis une de tes sœurs chez une amie à Sandskogen, l'autre était partie chez une copine habitant à côté ; quant à ton frère, il était chez son meilleur copain, la maison était par conséquent déserte cet après-midi-là. Ta mère descendit, elle s'assit sur le banc dans l'entrée. Elle et ses yeux sombres me donnaient l'impression de pomper toute l'énergie de la maison. Elle ne pouvait plus continuer ainsi, dit-elle. Ce n'était plus possible. Je me tenais devant elle, en short et en chemise, la porte ouverte derrière nous, l'air extérieur, gorgé de soleil, chaud et immobile. Elle portait son pyjama, elle regardait le sol devant elle.

— On est d'accord, dis-je. Que comptes-tu faire ?

— Je ne sais pas.

Il s'ensuivit un silence.

— Il faut que tu m'aides, déclara-t-elle au bout d'un moment.

— Comment ?

— Il faut que je me soigne. Que je revoie mon traitement. Que je trouve un thérapeute.

— Ce serait bien, effectivement. Tu as une idée de ce que tu veux ?

Elle secoua lentement la tête. Puis elle leva les yeux vers moi.

— Il faut que tu m'aides.

— C'est peut-être une partie du problème.

— Qu'est-ce que tu veux dire ?

— Je ne peux pas t'aider. C'est à toi de te sortir de là, par tes propres moyens. Je peux te soutenir, être là, mais je ne peux pas t'aider. Il n'y a que toi qui puisses le faire. Cette dernière étape, il faut que tu la franchisses seule. Toute la question est là.

— Que veux-tu dire ?

— Une des conséquences de la maladie est que tu ne te responsabilises pas. Quand tu touches le fond, tu ne te responsabilises pas et, quand tu es remontée, tu ne te responsabilises pas.

— Mais c'est comme ça, je n'y peux rien. Tu crois que c'est un choix de ma part ? Tu crois que ça me fait plaisir d'être comme ça ?

— Non. Mais je crois aussi que tu es trop passive. Quand tu es dans cet état, tu lâches totalement prise. Tant que tu laisseras les gens autour de toi s'occuper de tout, ça ne s'améliorera pas. Il n'y a que toi qui puisses agir. Personne ne peut le faire à ta place. Il faut que tu te sortes de là toute seule. C'est le fond du problème. Je peux être à tes côtés, te soutenir, mais je ne peux pas franchir cette dernière étape pour toi. Tu comprends ça ?

Elle se leva et monta dans la chambre.

Je soupirai et sortis dans le jardin. J'avais élevé la voix, je lui avais résisté, j'avais dit précisément ce qu'elle ne voulait pas entendre. Que c'était à elle de faire face. Quand elle aurait voulu que je la plaigne. Elle souhaitait de la sollicitude, de la compassion, de l'aide, elle voulait s'entendre dire que le mal dont elle souffrait était indépendant de sa volonté. Tant que l'on réagirait ainsi, on ne ferait qu'entretenir la maladie, qui durerait encore et encore, pensai-je. Il était plus facile pour elle d'imaginer que le problème ne venait pas d'elle, car elle devenait alors une victime et n'avait plus qu'à accepter que l'on s'occupe d'elle comme d'une enfant. S'il dépendait d'elle, il lui faudrait prendre le taureau par les cornes. Elle ne pourrait s'en sortir qu'ainsi.

Voilà ce que je pensais.

Je me sentais affreusement mal, mais je résistai au besoin de revenir sur mes propos, de m'occuper d'elle. J'allai chercher les enfants, fis cuire des boulettes de viande et des spaghettis pour le dîner, lavai la vaisselle, puis m'installai dans le jardin pour lire. Quand je montai me coucher, elle était réveillée. Je lus pendant un moment les journaux sur mon Mac, elle se leva, passa devant la chambre des enfants et descendit au rez-de-chaussée. Je l'entendis qui s'activait en bas, elle se préparait pour la nuit. Je refermai l'ordinateur portable, le posai par terre au pied du lit et éteignis la lampe. J'étais couché dans la pénombre, les yeux fermés, quand elle revint s'allonger à côté de moi.

Les enfants se réveillèrent tôt et je me levai en même temps qu'eux. Il y avait de la rosée dans l'herbe et le feuillage des arbres ne bougeait pas dans la lumière du soleil levant. Je leur sortis de quoi petit-déjeuner, tout ce qu'il y a de plus simple : un paquet de cornflakes, une brique de lait, une assiette creuse chacun, une cuillère. Moi-même, je bus une tasse de café dans le jardin, où il faisait déjà chaud au soleil, où les insectes bourdonnaient déjà au-dessus des fleurs. Ce jour-là, mon frère, ton oncle, devait arriver avec son fils, ton cousin. Ils habitaient dans l'ouest de la Norvège, ils avaient passé la nuit à Oslo et, comme le trajet était long jusqu'ici, je ne les attendais pas avant la fin de l'après-midi. Avant cela, nous n'avions rien de prévu, mais une sortie à la plage ou à la piscine de Nybrostrand me semblait inévitable. Parfois, il pouvait être difficile de convaincre ta sœur aînée de nous accompagner, bien qu'il n'y eût rien ou presque qu'elle aimât tant que se baigner et que, dans l'eau, ton frère et tes sœurs ne se disputaient jamais. Mais elle n'aimait pas bouger, elle n'aimait pas le changement et, pour peu qu'elle fasse sa mauvaise tête, il pouvait s'écouler une heure avant qu'elle daigne monter dans la voiture. Une fois sur place, tout allait bien. Je ne manquais jamais de le lui signaler. T'as vu comme c'est bien ? Tu as vu comme tu te plais ici ? Ne l'oublie pas ! Oui, papa, disait-elle alors. Nous n'étions cependant pas à l'abri que, le lendemain, le même cirque se répète. Mais ce n'était pas systématique, il arrivait que tout se déroule sans anicroche, sans qu'elle oppose la moindre résistance.

En temps ordinaire, j'aurais travaillé le matin, déjeuné, puis je serais allé me baigner avec les enfants et nous aurions fait un barbecue le soir. Quand ta mère était alitée, il m'était impossible de travailler, je ne pouvais pas laisser tes sœurs et ton frère livrés à eux-mêmes. Et le barbecue me demanderait peut-être un peu trop de travail avec des invités, pensai-je, assis sur ma chaise. Des crevettes, ne serait-ce pas mieux ? Il n'y aurait qu'à les mettre dans un saladier et chacun se servirait. Et c'était aussi festif.

Des crevettes, de la baguette fraîche, de la mayonnaise, du vin blanc. Et de la bière, vu que je n'aime pas trop le vin blanc pour ma part.

Nous pourrions passer chez le poissonnier à Kåseberga, en général il avait des crevettes fraîches. Ou au camion sur le marché d'Ystad. Certes, il arrivait qu'il n'en ait pas, mais dans tous les cas, le Systembolaget se trouvait à côté, et il fallait que j'achète du vin. Et puis des baguettes chez Olof Viktors, l'excellente boulangerie dans la campagne aux abords du village.

Certes, cela ferait un peu de route sous cette chaleur, mais si les enfants revenaient de la plage, ils seraient satisfaits et prêts à accepter pratiquement tout sans broncher.

J'étais content que mon frère vienne : une fois les enfants couchés, nous pourrions rester dans le jardin, boire de la bière et discuter, pensais-je.

L'avantage d'avoir un frère, c'est qu'il existe un lien indéfectible. J'espère qu'il en sera de même pour toi avec ton frère et tes sœurs. C'est en partie pour cette raison que nous avons voulu avoir plusieurs enfants, on se disait que vous seriez toujours là les uns pour les autres.

Depuis ma chaise, j'aperçus le chat sur le toit, son museau à la perpendiculaire du chéneau, qui me regardait. C'était un sibérien et, comme son parent norvégien, il était capable de descendre des arbres la tête la première. C'est ce qu'il était maintenant en train de faire : les branches fines de l'arbuste d'environ deux mètres de haut à côté de moi oscillaient et s'agitaient sous le poids de l'animal à poils longs et ébouriffés. Une fois à terre, il entra discrètement par la porte ouverte pour aller inspecter la cuisine.

Je le suivis. Il avait grimpé sur le petit poêle à bois noir. Il miaula en me voyant. J'ouvris une boîte et eus le plus grand mal à mettre la pâtée dans sa gamelle tellement l'odeur de la nourriture le rendait impatient, il n'arrêtait pas de se cogner contre ma main.

Dans le salon, les enfants regardaient la télé, ce qui leur était interdit, mais il y avait eu un léger relâchement cet été-là. Ils avaient baissé les stores et il faisait sombre dans la pièce, on se serait cru dans une grotte. J'envisageai un court instant d'éteindre, mais j'entendais déjà la vague de protestations qu'un tel geste soulèverait. Et si jamais ils ne trouvaient pas à s'occuper ? Il me faudrait rester avec eux pour les distraire.

Je n'en avais pas le courage.

De plus, nous passerions presque la journée entière à la plage.

Si, avec ça, ils n'avaient pas leur content de soleil, d'air et d'activité pour la journée…

Mais les stores, il ne fallait quand même pas pousser ! Je pouvais les remonter. Au moins, ils ne donneraient pas l'impression d'être complètement enfermés.

Je relevai donc les stores, ils rouspétèrent, mais je les ignorai.

— Une heure de télé, pas plus, annonçai-je. On est d'accord ?

— Ouais, répondirent-ils.

Se doutaient-ils comme moi, me demandai-je, qu'ils protesteraient vigoureusement une fois venu le moment où j'éteindrais, qu'ils aient ou non accepté mes conditions une heure auparavant ?

J'allai dans la salle de bains, vidai le sèche-linge, transportai les vêtements sur le lit dans le bureau, transférai les vêtements mouillés du lave-linge au sèche-linge, le lançai, remplis une nouvelle machine avec ce qu'il y avait sur le dessus des deux paniers en fil grillagé sous la fenêtre, versai la poudre dans le tambour, sélectionnai le programme et la lançai elle aussi.

Quand nous avions acheté les paniers à linge, je les voulais en plastique, je me souviens. Parce que le panier à linge dans la maison de mon enfance était en plastique. En plastique bleu tressé. Je m'imaginais que la corbeille dans le coin de la pièce était un petit bonhomme qui acceptait qu'on soulève son couvercle pour le remplir à ras bord de linge dégoûtant. Par conséquent, dans mon esprit, les vrais paniers à linge ne pouvaient être qu'en plastique ! Non, mais tu t'imagines ! À plus de quarante ans, mes choix étaient encore régis par une représentation enfantine. Ta mère réussit à me convaincre que ces modèles étaient mieux, que le matériau était plus beau et que l'aspect industriel du plastique était moche – ça, elle ne le dit pas, car si elle avait employé ce mot, moche, je me serais braqué – et maintenant je prenais un certain plaisir à regarder ces deux paniers aux fils de fer entrelacés et leur doublure en tissu beige. Mais combien de mes idées et autres préférences étranges remontaient en réalité à mon enfance sans que je m'en rende compte ou les remette en question ?

J'entrai dans le bureau de ta mère et commençai à plier les vêtements, jusqu'à ce que je me lasse et retourne dans la cuisine.

Il n'était que sept heures trente.

Le matin, quand j'écrivais, les heures filaient, elles disparaissaient en un clin d'œil, je les sentais à peine passer. Mais là, je ressentais le poids du temps, il me pesait.

Je montai quelques marches afin de pouvoir regarder au-dessus de la rampe et jeter un œil dans la pièce du fond.

Ta mère se tenait parfaitement immobile dans le lit, elle dormait.

Je ne voulais pas aller la réveiller, lui demander de se lever et de nous accompagner, de prendre sur elle. Car si je parvenais à me débrouiller seul, je pourrais dire : regarde-moi, regarde tout ce que je fais, alors que toi, tu ne fais rien.

J'en retirais une certaine satisfaction. On ne retire aucune satisfaction de la colère elle-même, mais de la colère mêlée d'un sentiment de triomphe, si.

Rester assis à regarder la télé avec les enfants n'avait rien de très glorieux. Si, en revanche, j'effectuais une tâche qui requérait un effort, au résultat visible, le triomphe serait plus grand.

Il aurait fallu ranger le premier étage. C'était un véritable champ de bataille, avec les jouets et les livres qui traînaient partout, il ne demeurait plus qu'un étroit passage au milieu. Mais si je rangeais, elle se réveillerait. Et si elle tenait tant que ça à dormir, eh bien, qu'elle dorme !

À la place, je m'attaquai à la cuisine. Nous avions beau laver la vaisselle tous les jours et garder les plans de travail rangés, peu à peu le bazar s'étendait, des piles d'objets venant de divers endroits de la maison apparaissaient comme par magie, sans parler du placard où se trouvaient les poubelles, des tiroirs à couverts, du micro-ondes, du four et du réfrigérateur.

C'était un projet ambitieux, dont l'envergure ne cessait de croître à mesure que j'avançais, car dès que je commençais à nettoyer un placard, la saleté des autres devenait évidente. J'avais beau ne porter qu'un short – un jean coupé en réalité – et une chemise ample qui pendait sur mes cuisses, je ne tardai pas à avoir chaud, la sueur perlait sur mon front, le tissu me collait au dos. Le plus gros de mon irritation s'était dissipé, car même si cette tâche n'était pas vraiment ce qu'on pourrait appeler une partie de plaisir, j'y trouvais une certaine satisfaction, dans la mesure où depuis longtemps je me disais qu'il fallait le faire et qu'enfin je le faisais.

Je sortis toute la nourriture du réfrigérateur, jetai ce qui était périmé, retirai les étagères, les lavai dans l'évier, nettoyai les cloisons et les portes, réinstallai les étagères et rangeai la nourriture. Puis je m'attaquai aux placards et répétai la même opération : je jetai tous les sachets d'épices périmés, les produits qui étaient là depuis des années et que nous n'utilisions pas, je passai les étagères sous l'eau, remis tout à sa place. Je donnai un coup d'éponge sur les portes des placards, sortis les assiettes, les verres et les tasses et, une fois encore, je nettoyai les étagères.

Autour de neuf heures trente, les enfants éteignirent d'eux-mêmes la télévision et sortirent dans le jardin en m'adressant un coucou au passage. Tes sœurs entamèrent une partie de badminton tandis que ton frère, assis dans l'herbe, les regardait. Au bout d'un moment, alors que je vidais l'eau de lavage grise dans l'évier et remplissais le seau d'une eau propre et chaude, ils quittèrent le filet et se précipitèrent dans la maison : où sont nos maillots ? me demandèrent-ils. Je les leur donnai et ils repartirent en courant.

Peu après, on frappa chez nous.

Je suspendis le torchon sur le rebord du seau, me redressai, essuyai la sueur sur mon front et allai dans l'entrée.

Dans l'embrasure de la porte, je découvris une copine des enfants et sa mère, leurs silhouettes sombres se découpant dans la lumière du soleil qui brillait dans leur dos.

La fillette tenait sa mère par la main et lorgnait en direction de la piscine à côté de laquelle tes sœurs et ton frère étaient en train de se sécher. Eux aussi l'observaient.

La mère me demanda si sa fille pouvait passer la journée chez nous. Oui, bien sûr, répondis-je, elle est plus que la bienvenue.

— Maman, je peux me baigner ? demanda la petite.

— Vas-y, dis-je.

Elle courut rejoindre les autres et sa mère s'avança d'un pas dans l'entrée. Elle s'enquit de ta mère. Je pointai le doigt en direction du premier étage.

— Elle dort encore, dis-je. Et je nettoie la cuisine.

— Tu lui diras bonjour de ma part. Ça te va si je viens la rechercher dans l'après-midi ?

Je hochai la tête.

— À tout à l'heure, alors ! Appelle-moi s'il y a quoi que ce soit.

Elle avait déjà tourné les talons.

— J'ai juste une question, dis-je. Nous pensions aller nous baigner. Elle peut nous accompagner ?

— Bien sûr. Il fait tellement beau.

Après son départ, je continuai à faire le ménage pendant un moment, puis je décidai de monter réveiller ta mère. Il était bientôt dix heures et demie, et l'idée de la laisser dormir ne me réjouissait plus. La brève entrevue dans l'entrée avait suffi à ce que je me voie de l'extérieur, la présence de cette maman m'avait en quelque sorte ramené dans le monde normal, où les pensées que j'avais nourries ne tenaient pas la route.

Je m'arrêtai devant le lit et prononçai son nom.

Elle ne bougea pas.

Je me penchai et la secouai légèrement.

— Il est tard, dis-je. Il est peut-être temps de se lever, non ?

Elle ne réagit pas.

Elle prenait des somnifères puissants et il était parfois impossible de la réveiller, peut-être en avait-elle pris un de plus, me dis-je, elle dormait tellement ces derniers temps.

Je redescendis. Je venais de m'asseoir sur le banc de l'entrée quand les filles surgirent devant moi.

— On peut se baigner dans la baignoire ? demandèrent-elles. On a trop froid !

— Vous avez froid ? Par cette chaleur ?

— Mais, papa ! L'eau, elle est froide.

C'était vrai, je l'avais changée la veille. Je me levai, allai dans la salle de bains, nettoyai la baignoire, la rinçai, mis la bonde et commençai à la remplir. À peine étais-je sorti que les trois filles se déshabillèrent et y entrèrent. Par la fenêtre, je vis ton frère qui traînait le tuyau d'arrosage dans le jardin.

Il fallait que je la réveille.

Je remontai, à présent inquiet. Quelque chose n'allait pas, pensai-je.

Je répétai son nom, plus fort, et je la secouai par l'épaule, plus fort. Elle tourna à peine la tête.

Je la secouai de nouveau.

Rien.

Je pris peur. Se pouvait-il qu'elle ait avalé trop de somnifères ?

Mais non, elle dormait juste d'un sommeil profond. Elle ne courait aucun danger.

Je descendis et je m'assis sur la pelouse.

Ton frère se dirigeait vers la porte de la maison d'été où se trouvait le robinet du tuyau d'arrosage.

— Qu'est-ce qui se passe ? demanda-t-il.

— Rien, dis-je. Tu vas arroser ?

— Ouais.

— C'est bien.

Je me levai et allai dans mon bureau, je pris

mon téléphone. Devais-je appeler une ambulance ?

Non, je ne pouvais quand même pas faire ça. Les déranger pour si peu.

Elle dormait juste profondément.

En même temps, j'avais peur, mes mains tremblaient de plus en plus, et mes jambes me portaient à peine.

J'essaie encore une fois, pensai-je.

— Elle est où, maman ? demanda ton frère en me voyant approcher.

Il s'amusait à ouvrir et fermer le robinet pour voir l'eau jaillir du tuyau et retomber.

— Elle dort profondément, répondis-je.

Pourquoi employer ce mot : profondément ? Pourquoi ne pas dire simplement : elle dort ?

Que faire ?

Bon sang, mais que faire ? Que faire ?

Je montai l'escalier, traversai la pièce désordonnée et restai debout devant notre lit.

Il faisait chaud comme dans un four là-dedans.

Et elle ne bougeait toujours pas.

Je me penchai sur elle, je la saisis aux épaules et la secouai fortement.

Aucune réaction.

Au même instant, ton frère monta l'escalier.

— Qu'est-ce qu'il se passe ? demanda-t-il.

— Rien. Maman dort profondément, c'est tout.

— Tu n'arrives pas à la réveiller ?

— Non, dis-je en m'avançant vers lui. Mais elle prend des somnifères, tu sais. Et dans ces cas-là, on dort profondément. Viens, on descend.

Mon Dieu, à l'aide, pensai-je.

Aide-moi, mon Dieu.

J'ai besoin d'aide et tout de suite.

Une fois ton frère dehors, pendant que les filles riaient dans la salle de bains, je ressortis mon téléphone. Ils devraient comprendre que je puisse avoir peur, non ? Même s'il n'y avait en réalité aucune raison de s'inquiéter.

Je composai le 112. On décrocha aussitôt. Je déclinai mon identité tout en me dirigeant vers le fond du jardin de façon que ton frère ne m'entende pas.

— C'est à propos de ma femme. Je n'arrive pas à la réveiller. Je crois qu'elle a pris une surdose de somnifères. Je ne sais pas trop quoi faire.

— D'accord. Respire-t-elle ?

— Oui.

— À quelle adresse vous trouvez-vous actuellement ?

Je lui donnai notre adresse.

— On vous envoie une ambulance sur-le-champ. Elle sera là dans dix minutes.

C'est alors seulement que je compris, ma puce.

À ce moment-là seulement, alors que l'ambulance était en route.

J'appelai la mère de la copine des filles et lui expliquai la situation.

— Pourriez-vous venir chercher les enfants ?

Je ne veux pas qu'ils soient présents quand l'ambulance arrivera.

— On sera là dans deux minutes, répondit-elle.

Je raccrochai et me précipitai dans la salle de bains.

— Habillez-vous, les filles, dis-je. Essayez de faire vite.

— Pourquoi ?

Leur mère devait aller à l'hôpital, leur dis-je, rien de grave, mais en attendant elles iraient jouer chez leur amie.

Elles bondirent hors de la baignoire et commencèrent à s'habiller. Je sortis et contournai la maison. J'aperçus la voiture de nos voisins sur la route, elle roulait à toute allure, à une centaine de kilomètres heure probablement. Le véhicule pila devant chez nous, le père en descendit. Il accourut vers moi.

— Où est-elle ? demanda-t-il. J'ai mon brevet de secourisme.

— Elle respire, dis-je. L'ambulance sera bientôt là. Il faut que vous emmeniez les enfants. Avant qu'elle arrive.

Il me suivit de l'autre côté de la maison. Les enfants sortirent, et il les poussa devant lui. Ils montèrent dans la voiture et, à l'instant même où les sirènes retentirent au loin, près du magasin, ils démarrèrent et s'éloignèrent.

C'était un enfer. Même si les événements qui s'enchaînaient étaient simples – une voiture

Et elle répondit.

Elle était complètement dans les vapes, mais elle réagissait.

L'un d'eux descendit l'escalier, il allait chercher une civière. Il me dit qu'elle allait s'en sortir et je lui tendis le sac de médicaments.

Je ne bougeais pas, je les entendais qui s'affairaient à l'étage pendant que les larmes coulaient sur mes joues. J'avais l'impression que ça partait dans tous les sens, que plus rien ne se tenait, que tout m'échappait.

Puis ils apparurent dans l'escalier avec ta mère harnachée sur la civière. Elle était toujours inconsciente. Leurs grosses bottes, l'escalier étroit : le corps de ta mère me paraissait démesurément grand, un peu comme dans un rêve où tout serait disproportionné.

Dans l'ambulance, alors que nous faisions route vers l'hôpital, je me sentais totalement détaché de ce que je voyais dehors. Et de la situation. Ce n'étaient que des images sans aucun lien les unes avec les autres. J'inspirai profondément, recommençai, pour tenter de me reconnecter au réel, de prendre la mesure de ce qui m'arrivait. Tout en éprouvant l'envie quelque part au fond de moi de rester extérieur, d'ignorer les événements, ou de les laisser me traverser sans m'atteindre.

Au moment de s'engager sur la grande route, le chauffeur à côté de moi alluma le gyrophare. Ce n'est pas vraiment nécessaire en réalité, dit-il, mais on ne sait jamais, au cas où il y aurait un peu de circulation, c'est plus prudent.

Nous contournions les voitures devant nous en décrivant de longs et légers arcs de cercle. La plupart se rangeaient sur le côté. La mer apparut face à nous puis s'évanouit quand nous fûmes entre les arbres.

Je l'avais laissée dormir.

Elle avait pris trop de somnifères et je ne l'avais même pas remarqué.

La pièce dans laquelle elle dormait était une véritable étuve.

La lumière du soleil jouait dans le feuillage, scintillait à la surface de l'eau, luisait sur l'asphalte. Nous entrâmes dans les quartiers résidentiels aux abords de la ville. Les gens sur le trottoir nous lançaient des coups d'œil lorsque nous passions devant eux, comme je l'aurais moi-même fait si j'avais été à leur place et non à la mienne.

Je l'avais laissée dormir.

La pièce dans laquelle elle dormait était une véritable étuve.

L'ambulance monta la côte de l'hôpital, entra par-derrière, une grande porte s'ouvrit. Elle se gara sur le parking à l'intérieur et ta mère fut transportée dans une pièce où une équipe de médecins et d'infirmières l'attendait.

Les ambulanciers leur firent un bref rapport, expliquèrent ce qui s'était passé, ce qu'elle avait pris, qu'elle était enceinte, puis repartirent.

J'attendais contre le mur, les larmes coulaient sur mon visage.

— Vous êtes le mari ? demanda une des infirmières.

J'opinai du chef.

— Vous pouvez vous asseoir ici, dit-elle en hochant la tête en direction d'une chaise dans un coin de la pièce.

— Je ne savais pas qu'elle avait pris tous ces médicaments, dis-je d'une voix à peine audible. Elle est restée seule toute la matinée.

— Ce n'est pas votre faute, déclara-t-elle. Il ne faut surtout pas penser ça.

Or c'est exactement ce que je pensais. Elle était restée au lit pendant une longue période et je l'avais laissée faire, dans une pièce qui était une véritable étuve, et je ne lui avais même pas prêté suffisamment attention pour me rendre compte qu'elle avait pris des médicaments.

Mais je ne dis rien, car ses paroles me réconfortaient, bien que ce soit faux.

Ta mère était réveillée sur la table d'opération, mais comme en transe, elle ne comprenait pas la situation, ni pourquoi il y avait des médecins et des infirmières autour d'elle, mais elle l'acceptait. Au bout d'un moment, ils quittèrent la pièce, seule une infirmière resta. J'avais compris depuis longtemps que sa vie n'était pas en danger, sinon elle serait déjà morte. Mais qu'en était-il de ta vie à toi ? Ça, je l'ignorais.

Quelques heures plus tard, je m'extirpai d'une voiture et entrai dans notre jardin. Tes sœurs et ton frère étaient là, avec leur copine et sa mère. Deux d'entre eux jouaient au badminton au soleil, les deux autres, assis à l'ombre, les regardaient. Le jeu les absorbait totalement, ils riaient et plaisantaient, ils étaient dans leur bulle. Tout allait bien, dis-je à la mère, ses jours n'étaient pas en danger. Je baissais les yeux en parlant, car je ressentais une culpabilité lancinante à l'idée d'avoir exposé sa fille à une telle situation. Quand je levai les yeux et rencontrai son regard, il m'apparut que cette idée ne lui avait pas traversé l'esprit. Je faillis me remettre à pleurer, mais je contins mes larmes, les enfants ne devaient pas me voir dans cet état. Elle me dit que tout s'était bien passé, ils avaient joué chez eux un moment, puis avaient exprimé le souhait de rentrer à pied à la maison. Ils avaient mangé, ils étaient de bonne humeur.

Elles restèrent encore un peu avec nous, puis partirent. J'annonçai à tes sœurs et à ton frère que leur mère allait rester quelque temps à l'hôpital, mais que tout s'était bien passé, que ce n'était pas grave. Elle avait déjà été hospitalisée à plusieurs reprises, ils n'étaient donc pas inquiets. Ils n'avaient pas non plus vu l'ambulance et la civière, ils n'avaient donc pas perçu le caractère dramatique de son départ, et donc, tant que je demeurerais serein, ils le seraient aussi. Mon frère et son fils arrivèrent en fin d'après-midi. Après un bref échange devant la porte, avec le petit tas de valises et de sacs à nos pieds, où je leur racontai un peu plus précisément que je ne l'avais fait au téléphone les événements survenus dans la journée, ils partirent jouer au badminton. Une telle réaction me dépassait, car dans la lumière je ne voyais que le côté noir de la situation, dans le jardin profondément ensoleillé je ne voyais que les ombres et l'aspect fantomatique des choses, tout en sachant au fond de moi qu'ils avaient raison d'agir ainsi, que pour les enfants la vie devait au maximum suivre son cours.

Je m'assis sur la chaise sous la fenêtre de la cuisine, m'allumai une cigarette et les regardai frapper dans le volant blanc au bout rouge qui allait et venait au-dessus du filet, il semblait presque en apesanteur dans le grand ciel bleu foncé. Les ombres vert foncé dans le jardin. Le soleil brûlant qui brillait en silence au-dessus du toit de la maison d'été.

Après avoir dîné dehors, autour d'une table blanche mouchetée par l'ombre des feuilles du pommier qui de temps à autre frémissaient dans la brise du soir, avec les yeux des enfants plissés face au soleil, je retournai à l'hôpital. Je me garai sur le parking devant l'entrée. Quelque chose dans l'asphalte chaud, la couleur bleu foncé du ciel, les ombres longues et la plénitude de la lumière du soleil bas me rappelait les soirées d'été de ma jeunesse. Quand il faisait encore si chaud que nous partions nous baigner malgré l'heure tardive au pied de la falaise, la surface de la mer sombre contre la roche et d'un bleu lumineux au large, à l'endroit où flottaient les larges bandes de lumière dessinées par le soleil.

Les fonds froids qui nous attendaient.

Je pris l'ascenseur, remontai un corridor, ouvris la porte du service et y pénétrai. Une infirmière présente dans le couloir se retourna vers moi, je lui demandai où se trouvait ta mère.

Elle était seule dans une chambre blanche gorgée de la lumière du soleil couchant. La couette sur elle était blanche elle aussi, tout comme les vêtements qu'elle portait.

Elle était pâle et semblait éreintée, elle avait la tête posée sur l'oreiller et tourna le visage vers moi quand j'entrai dans la pièce.

— Oh, Karl Ove, dit-elle quand je m'assis auprès d'elle. (Elle parlait doucement, sa voix était presque un murmure.) Excuse-moi. S'il te plaît, excuse-moi !

Elle pleurait.

Moi aussi.

— Je n'avais pas conscience de ce que je faisais, dit-elle.

— Je sais, dis-je en prenant sa main. N'y pense pas. Ce n'était pas ta faute. Et tout s'est bien terminé. Tu m'entends, tout s'est bien terminé.

TROIS

arrivait, les enfants étaient embarqués, la voiture repartait, l'ambulance lui succédait –, je me trouvais pris dans un tourbillon infernal. Le monde autour de moi n'existait plus, il était comme gommé par une lumière blanche éclatante.

Deux hommes descendirent du véhicule. Ils semblaient calmes. L'un me demanda ce qui s'était passé, tandis que l'autre sortait une mallette. J'expliquai alors que nous contournions la maison. Je leur montrai le chemin, à travers le bazar du premier étage et jusque dans la chambre à coucher où il régnait une chaleur étouffante.

Elle était toujours allongée dans la même position, comme si rien ne s'était passé.

Je fondis en larmes.

— C'est une véritable étuve là-dedans, déclara l'un d'eux en secouant la tête.

Le second entreprit de l'examiner.

— Elle est enceinte, dis-je.

— Savez-vous quel type de médicaments elle a avalés ? demanda le second.

— Non.

— Elle les range où ? Dans la salle de bains ?

— Oui.

— Vous pouvez aller nous les chercher ?

Je descendis dans la salle de bains et vidai l'armoire à pharmacie, les boîtes de médicaments étaient ouvertes, il y en avait aussi sur le lavabo. Je jetai l'ensemble dans un sac plastique.

Là-haut dans la chambre, ils criaient son nom.

Au printemps, durant quelques jours, le paysage donne l'impression de s'ouvrir de toutes parts, dans les semaines qui précèdent le moment où la verdure explose pour de bon, quand les arbres sont encore dépourvus de feuilles, quand le sol demeure nu, ce qui pourrait laisser croire que l'on est toujours en hiver, tandis que le soleil brille avec l'abondance de l'été, sans buter sur le moindre obstacle, sans être absorbé ni par le blé ni par l'herbe, la cime des arbres ou toutes ces choses qui poussent et qui, dès lors qu'elles sont là, forment des petits espaces à part entière. Le paysage durant ces quelques jours au printemps ne semble plus rattaché à aucun lieu et le volume d'air sous le ciel traversé par cette lumière est immense.

Ainsi était-ce en cette journée d'avril, alors que nous roulions sur la route venant des deux petits villages où les fermes disséminées çà et là donnaient directement sur une mer si sombre qu'elle ne réfléchissait pas les rayons du soleil et dessinait une bande bleu foncé sous la voûte céleste bleu clair.

Au carrefour privé de visibilité, je freinai, mis mon clignotant à droite, me penchai au-dessus du volant pour voir si des voitures arrivaient, puis m'engageai sur la route côtière qui longeait le champ de tir jusqu'à Kabusa, où elle rejoignait la grande route pour Ystad.

Une légère brume flottait au-dessus des collines, comme souvent au printemps et en été.

Voulant savoir si tu dormais encore, je baissai la musique, mais, bien qu'aucun bruit ne me parvienne, il était impossible de dire si tu étais réveillée ou non, car tu regardais parfois droit devant toi sans émettre le moindre son.

— Tu as vu les vaches ? dis-je tout haut.

Il y avait une centaine de vaches qui paissaient dans les champs, une race robuste au poil hirsute, de couleur claire pour nombre d'entre elles, certaines presque blanches, la plupart d'un beige tirant sur le jaunâtre, quelques autres marron, mais pas rousses comme les vaches de mon enfance ; celles d'ici avaient une teinte plus sombre, plus terreuse.

Je ne les voyais jamais courir, elles se tenaient toujours immobiles, telles des statues ; soit elles broutaient, soit elles étaient couchées dans l'herbe, qu'il vente, pleuve, neige ou fasse grand soleil.

L'absence de bruit à l'arrière de la voiture était plutôt une bonne chose en réalité, pensai-je, ta mère qui se réjouissait de te voir serait sans doute un peu déçue si tu dormais en arrivant ; là, au moins, tu serais reposée.

La voiture s'engagea sous les arbres. Les vaches, la plaine et la vue sur la mer disparurent. Le reste de la route jusqu'à Ystad traversait la forêt de Sandskogen que Linné avait pris l'initiative de planter au XVIIIe siècle lors de son voyage en Scanie, probablement pour retenir la terre, afin d'éviter qu'elle s'envole dans les champs sous l'action du vent.

Aujourd'hui, elle semblait avoir toujours existé.

Les branches des arbres étaient dénudées, on voyait encore à travers, ce qui ne serait plus le cas dans quelques petites semaines, quand l'extrême densité de leur feuillage donnerait l'impression de rouler dans un corridor. Je jetais de brefs coups d'œil dans la forêt, la vitesse faisait ressortir l'espace entre les arbres et le sol, le tapis beige d'herbes longues mais aplaties d'où surgissaient les troncs des bouleaux. Quelque chose en moi se rappelait la sensation que l'on éprouvait en marchant sur cette herbe, l'époque où, enfant, je me promenais en forêt à longueur d'année et où, sans le savoir, j'emmagasinais les impressions liées à la nature, celles-ci pouvant à présent me revenir en cascade si un élément déclencheur réveillait à l'impromptu leur souvenir – le cri d'un oiseau au printemps, l'air frais presque brillant d'un matin d'été, l'odeur de la neige mouillée en hiver, le brouillard dans l'obscurité un soir d'automne.

J'espère que toi, ton frère et tes sœurs aurez la chance de faire cette même expérience en vieillissant, même si je n'ai encore jamais réellement réussi à déterminer si les enfants vivent le temps que nous passons ensemble comme moi j'ai vécu ma propre enfance. Ce temps, c'est le quotidien, les repas prosaïques, les trajets en voiture, les soirées dans le canapé devant la télé.

Parviendrez-vous à extraire le caractère magique de ces moments-là ?

Bien sûr que oui, car cette magie ne dépend pas des souvenirs, mais de l'espace qu'ils mettent en lumière, de la corde sensible qu'ils touchent, de l'écho d'une autre époque qu'ils éveillent. Pour mes parents, les années de ma jeunesse furent sans doute parfaitement banales. Le chant des oiseaux n'était rien de plus que le chant des oiseaux, la lumière du soleil au petit matin qu'une lumière, le brouillard des soirs d'automne qu'un brouillard, et l'odeur de la neige qu'une odeur de neige.

Au rond-point à l'entrée d'Ystad, je pris la route en direction du centre-ville et non celle, plus rapide, qui traversait la zone industrielle et rejoignait la nationale, car la perte de temps était minime et il y avait nettement plus de choses à voir. Une longue allée rectiligne menait à la gare et au port où les ferries pour la Pologne et Bornholm dominaient les docks de toute leur hauteur, puis elle passait devant le théâtre construit à la fin du XIXe siècle, à l'époque où cet endroit était une institution sociale importante, devant le port réservé aux petits bateaux, avant de remonter au milieu des quartiers résidentiels, jusqu'à un nouveau rond-point au sommet de la colline, d'où partait la route qui traversait la zone industrielle et celle de Malmö et Trelleborg.

J'aimais cette petite ville portuaire qui avait vécu paisiblement pendant de nombreux siècles, à l'abri de toutes les guerres qui avaient fait rage de l'autre côté de la Baltique. Comme toute bonne ville de province qui se respecte, elle vivait repliée sur elle-même et, comme toute ville en région rurale, elle n'aimait pas la nouveauté ; les choses étaient très bien telles qu'elles étaient ; si problème il y avait, cela venait de l'extérieur. Tout le monde lisait le journal local, c'était *le* journal, et qui peut rester insensible à cette énumération de micro-événements qui sont les mêmes partout, mais qui, quand ils nous touchent de près, prennent davantage de sens ?

La principale raison pour laquelle j'aimais vivre ici ne m'apparut que plusieurs années après avoir emménagé dans le secteur. C'était lié à mon enfance. J'ai grandi à une dizaine de kilomètres d'une capitale régionale d'environ quinze mille habitants, dans le sud de la Norvège, un coin grouillant de touristes en été, mais pratiquement désert en hiver. Je retrouvais ici une organisation sociale identique, et s'il m'avait fallu autant de temps pour le découvrir, c'était à cause du paysage, très différent, qui rendait cette structure presque invisible. Pourtant, Ystad ressemblait bel et bien à Arendal et, aujourd'hui comme hier, j'aimais me promener en ville le samedi matin, jeter un œil aux boutiques, manger une brioche dans une pâtisserie en écoutant les habitants discuter de questions locales, regarder des voisins qui se croisaient dans la rue, se saluaient, échangeaient éventuellement quelques mots entrecoupés d'un ou deux éclats de rire avant de poursuivre leur chemin. Ajoutez un chapeau qui se soulève, des favoris, un pardessus et des caoutchoucs pour peu qu'il pleuve, et vous voilà revenu au XIXe siècle.

Quand on grandit dans un tel endroit, ce qui sera probablement ton cas, tout cela, on ne le remarque pas au début, on n'y devient sensible qu'à l'adolescence, cet univers incarne alors tout ce qui ne va pas sur terre, ce que l'on rêve de quitter, car tout nous paraît indiciblement petit, étroit. Or, quand on est jeune, on est plein de grands sentiments, on voudrait envoyer valser et fuir cette petitesse, partir explorer le vrai monde, là où l'on a une chance de trouver ce qui nous intéresse, ce que l'on porte en nous, les choses grandes et importantes, la nouveauté et les possibilités.

C'est tout au moins ce que j'ai vécu.

Puis j'ai vieilli, puis j'ai eu des enfants, et j'habite aujourd'hui dans un environnement qui s'apparente beaucoup à celui dans lequel j'ai grandi, mais j'en vois l'autre facette. Je ne l'ai pas sciemment choisi, jamais je ne me suis dit que je voulais vivre dans le même type de lieux que dans ma jeunesse ; si j'avais eu cette idée, je ne l'aurais sans doute pas mise à exécution. Non, ça s'était fait tout seul. Un jour, je m'étais retrouvé ici. Et si la vie dans cette région ne m'avait pas plu, j'aurais fini par déménager. Je devais par conséquent apprécier ce qui était petit, étroit, de m'asseoir dans mon jardin, loin des grands centres de décision de ce monde.

Dans tous les cas, la nouveauté n'était jamais ce que je recherchais, c'étaient les vérités anciennes exprimées par la nouveauté qui m'intéressaient.

Tu n'émis pas le moindre bruit durant les cinquante kilomètres de quatre-voies jusqu'à Malmö. J'écoutais la musique et regardais le paysage en conduisant. Les champs alternaient entre le vert naissant et le marron, un marron presque noir par endroits, comme dans l'ombre des arbres en lisière de forêt, ou ailleurs tellement sec et clair que le sol ressemblait plutôt à du sable. Au milieu d'un champ, j'aperçus deux énormes tuyaux de la hauteur d'un homme, le soleil brillait si fort dessus qu'il masquait leur couleur, j'avais l'impression d'avoir sous les yeux deux conduits de lumière percés à chaque extrémité d'un trou noir comme la nuit. De loin, les forêts qui s'étendaient à l'intérieur des terres, sans feuilles et légèrement rougeâtres dans la lumière, rappelaient la brousse. Leur succédait une sapinière dense, l'éclat vert clair des cimes tranchant avec les troncs plongés dans l'ombre. Cette vue éveilla en moi une sorte de désir, comme pouvait le faire de l'eau sombre et froide dans un paysage gorgé de lumière, c'était lié aux touches d'ombre, cette impression de profondeur dans un environnement uniformément plat.

Un lapin mort gisait sur le bord de la route, une boule de poils dont s'échappait une mare de sang claire sur l'asphalte gris. Quelques kilomètres plus loin, j'aperçus également un blaireau mort, lui avait l'air parfaitement intact, l'animal au museau noir et blanc donnait l'impression de dormir au soleil.

En périphérie de Malmö, au sommet d'une petite colline d'où l'on pouvait voir la ville et ses trois bâtiments les plus hauts, le Turning Torso, le Kronprinsen et l'hôtel Hilton, que je cherchais toujours du regard car nous avions habité juste à côté pendant quelques années, je quittai la quatre-voies et bifurquai en direction de Helsingborg. Au moment même où j'accélérais pour m'engager sur cette route, un voyant du tableau de bord se mit à clignoter. La petite pompe à essence. Je regardai la jauge. La flèche venait juste de tomber dans le rouge. C'était curieux, car généralement je savais à peu près où en était le réservoir, non pas consciemment, mais cela faisait partie des choses que l'on sait sans réfléchir, un peu comme on sait s'il reste ou pas du pain dans la huche, du savon dans la salle de bains, du lait dans le frigo, si la pelouse a besoin d'être tondue, quel jour on est, l'heure de la journée, le poids approximatif du vélo que l'on s'apprête à charger dans le coffre.

Je me rappelais qu'il y avait une station-service après Barsebäck, et je n'avais rien contre une petite pause, je pourrais vérifier que tu allais bien, m'acheter un café et peut-être même remettre un peu de lave-glace en plus de l'essence.

Bien que la centrale nucléaire ne soit pas visible de la route, je ne pouvais m'empêcher de penser à elle quand je passais à Barsebäck ou m'arrêtais dans cette station-service. Je ne l'avais toujours aperçue que de loin, depuis Malmö, mais sa vue me remplissait chaque fois d'une vague inquiétude. Non que je craigne un accident et ses conséquences désastreuses sur toute la région, mais l'activité qui s'y déroulait me semblait presque relever du divin.

Le seul fait de couper le moteur après m'être garé devant la pompe déclencha tes pleurs. Je contournai la voiture, ouvris la portière, grimpai à l'arrière et me penchai sur toi.

— Coucou, toi, dis-je. Tu t'es réveillée brusquement ? Mais tu vois, tout va bien. Attends une seconde que je te donne un peu de lait.

Je regardai autour de moi à la recherche du biberon, mais ne le trouvai pas.

Où pouvait-il bien être ?

Oh non, merde !

Je l'avais oublié chez le voisin.

Je me revoyais nettement en train de poser le

biberon devant moi sur la table. Je n'avais aucun souvenir de l'y avoir repris.

— On est bons pour acheter un nouveau biberon, dis-je. Il y a un centre commercial à côté. Mais d'abord, il faut que je fasse le plein, d'accord ?

Tes pleurs ne cessaient pas. Je détachai ta ceinture, te pris dans mes bras, te sortis de la voiture et te gardai quelques secondes contre moi. Heureusement, tu finis par te taire.

J'ouvris le réservoir de ma main libre, tandis que je te tenais dans l'autre bras. Puis j'allai devant la machine et glissai les doigts dans ma poche arrière pour attraper ma carte bancaire.

Sauf qu'elle n'y était pas.

C'était pourtant toujours là que je la rangeais, dans ma poche arrière droite, avec mon permis de conduire.

L'aurais-je mise dans l'autre poche ?

Non, elle n'était pas là non plus.

Tu regardais sur le côté, en direction du sol. Des deux mains, je te soulevai à hauteur de mon visage.

— On a un petit problème, dis-je. Nous n'avons pas d'argent. Nous n'aurons bientôt plus d'essence. Et nous n'avons pas non plus de biberon.

Ton regard ne croisa pas le mien, tu continuais à fixer le sol.

— Mais on va bien trouver une solution, n'est-ce pas ?

De nouveau, je te serrai contre moi, puis

j'ouvris la portière et t'installai dans ton siège. Tu recommenças à pleurer. Je t'attachai, refermai la voiture et m'assis au volant. Je démarrai et repartis sur la quatre-voies inondée de soleil.

Quand j'avais payé la facture ce matin-là, j'avais posé le petit porte-cartes sur le bureau, et je ne me rappelais pas l'avoir remis dans ma poche.

Je me souvenais maintenant de tout le déroulement des opérations, mais à ce moment-là je n'avais pas été mentalement présent.

Merde, alors.

Merde, merde, merde !

J'aurais bientôt besoin de mettre de l'essence et tu ne tarderais pas à réclamer du lait. Je ne connaissais personne à Helsingborg et ta mère n'avait pas d'argent, je le savais parce qu'elle m'avait demandé la veille de lui en apporter. L'idée était de lui en prendre au distributeur de l'hôpital. Ça non plus, ce ne serait pas possible. Pas plus que de retirer de l'argent à la banque, directement au guichet, puisque mon permis de conduire me servait de pièce d'identité.

Peut-être accepterait-on de me prêter un peu d'argent à l'hôpital ? Je le leur rembourserais le lendemain. Ce n'était pas comme si je risquais de leur filer entre les doigts.

— Crois-tu pouvoir tenir une heure de plus ? demandai-je.

Tes pleurs me fendaient le cœur.

— On va bien finir par trouver une solution,

ma puce, dis-je. C'est juste que ton père est un idiot.

J'envisageai un instant de mettre un peu de musique, mais couvrir tes pleurs me semblait trop brutal, je continuai donc à les endurer pendant que je roulais vers Landskrona, jusqu'à ce que, progressivement, une dizaine de minutes plus tard, ils se transforment en une sorte de long hoquet puis, peu après, cessent totalement.

Tu dormais. Maintenant, je ne voulais surtout pas te réveiller, je remis donc de la musique, mais à un volume très bas, je l'entendais à peine au-dessus du ronflement du moteur et du chuintement des pneus sur l'asphalte.

Juste après Landskrona, la route grimpe de façon assez abrupte. Au sommet de la côte, il y a une station-service, des fast-foods. De là, on a vue sur Helsingborg. Un panorama grandiose, en tout cas je trouve, car les points de vue ne sont pas si nombreux dans cette région plutôt plate qu'est la Scanie, et la ville au bord de l'étroit bras de mer entre la Suède et le Danemark jouit d'une situation inégalable. Avec Helsingør qui se dresse sur la rive opposée, le château de Hamlet dont la silhouette se découpe nettement dans le paysage et les ferries qui font la navette entre les deux villes, de grands et beaux bâtiments blancs sur l'eau bleue scintillant dans le soleil.

Je redescendis dans la plaine puis remontai une autre côte et pris la sortie pour Helsingborg, je traversai alors une zone indéfinissable sur un terrain légèrement en pente, ni ville ni campagne, puis je parvins au grand rond-point où, sur quelques centaines de mètres, les bâtiments semblaient se refermer sur la route dont l'horizon, de nouveau, s'ouvrait en débouchant sur le port qui brillait dans la lumière vive. Je tournai à droite et montai vers l'hôpital qui trônait au sommet, colossal.

Il était toujours difficile de trouver une place de stationnement, car je ne m'aventurais plus dans les parkings couverts avec notre grosse voiture depuis que j'avais connu quelques déboires et éraflé notre véhicule alors neuf contre un poteau et un mur en béton.

D'ordinaire, je sillonnais lentement les allées du parking situé devant l'entrée, car une voiture finissait toujours par reculer et libérer une place, mais ce jour-là, nous eûmes de la chance, il y avait deux emplacements libres côte à côte. Je me garai, coupai le moteur et descendis pour te prendre.

Tu dormais toujours. Je détachai donc le cosy, relevai la poignée et le sortis de la voiture, en veillant à ce que tu aies le soleil dans le dos et non dans les yeux.

Le mouvement du cosy qui se balançait dans ma main alors que je traversais le parking te réveilla, mais sans déclencher le moindre pleur cette fois-ci, tu clignais juste des paupières.

Dieu merci !

Le cauchemar serait que tu te mettes à pleurer

en entrant dans le service, et que ni ta mère ni moi ne parvenions à te calmer, car toi, ce que tu voulais, c'était du lait, or nous n'en avions pas. Cela ne manquerait pas d'attirer l'attention du personnel qui en tirerait ses propres conclusions. Que nous n'étions pas de bons parents, que nous n'étions pas capables de nous occuper de toi, et qu'en était-il dans ces conditions des trois autres enfants à la maison ?

S'il te plaît, ne pleure pas, pensais-je en passant les portes automatiques. Ne pleure pas. S'il te plaît.

Le hall d'entrée de l'hôpital ressemblait à une petite place de village, avec sa pharmacie, son café et peut-être une trentaine de personnes, assises à une table pour certaines tandis que d'autres arpentaient le couloir, attendaient devant les présentoirs de la pharmacie ou au comptoir du café. Les malades, eux, se déplaçaient en fauteuil roulant ou marchaient avec une potence à laquelle étaient suspendues des poches reliées à leur bras par des tuyaux en plastique, mais il y avait aussi des gens en bonne santé aux gestes vifs ainsi que quelques familles avec enfants.

— C'est là que tu es née, tu sais, dis-je en baissant les yeux. Tu ne bougeais pas au bout de mon bras, tu regardais droit devant toi, en agitant légèrement une de tes mains.

À ta naissance, nous avions passé une semaine entière ici, et avant cela j'étais déjà venu un certain nombre de fois rendre visite à ta mère, je connaissais donc bien les lieux. Nous nous trouvions maintenant dans le hall des ascenseurs, j'appuyai sur le bouton du milieu et observai les chiffres au-dessus des différentes portes pour voir devant laquelle nous poster.

Ni le changement de lumière dans l'ascenseur ni mes mouvements quand j'y montai n'attirèrent ton attention sur ce que tu pouvais ressentir, tu regardais en l'air sans broncher. Peut-être la sensation de faim n'était-elle pas encore suffisamment forte pour réussir à éclipser tous ces changements d'environnement.

Ta mère nous aperçut par le hublot alors que nous remontions le couloir. Aussitôt, elle alla chercher un soignant pour qu'il nous ouvre.

— Oh, mon petit cœur, dit-elle en se penchant vers toi. Oh, comme tu es belle ! Comme tu es belle, ma chérie !

Je détachai la ceinture, te soulevai et te tendis à ta mère. Elle te serra contre elle.

— Ils nous ont mis une chambre à disposition, m'informa-t-elle.

— Elle a besoin d'être changée, dis-je.

— Ça, je peux le faire.

— Et je n'ai pas apporté de lait.

— Ça a l'air d'aller, n'est-ce pas, mon petit cœur ?

Le cosy dans une main et le sac dans l'autre, je vous suivis dans le couloir, à travers la salle télé, où il y avait toujours des gens, puis dans l'une des pièces du fond.

Nous t'avons admirée alors que, allongée nue sur le lit, tu gigotais. Nous avons parlé de toi et de nos autres enfants, du prochain retour de ta mère à la maison, et durant tout ce temps tu restas en forme et de bonne humeur, jusqu'à ce que sonne l'heure du départ. Alors tu commenças à geindre, un son qui laissait pressentir un plus gros pleur à venir. Pendant que ta mère te rhabillait, je partis voir l'infirmière assise dans la pièce vitrée qui ressemblait à une cage ; dès qu'elle croisa mon regard, elle se leva et sortit dans le couloir.

Je lui expliquai la situation : j'avais oublié ma carte bancaire à la maison, nous roulions sur la réserve et ce peu de carburant restant ne nous permettrait pas de rentrer chez nous. Peut-être y avait-il dans le service une caisse dans laquelle il me serait possible d'emprunter trois cents couronnes ? Je rembourserais le lendemain.

— Ce n'est malheureusement pas possible, dit-elle. Vous comprenez bien que nous ne pouvons pas prêter d'argent aux visiteurs.

— Mais je vous rembourse demain. Quoi qu'il en soit, je reviens voir ma femme. J'en ai juste besoin pour acheter de l'essence. J'ai notre petite fille avec moi. C'est ce que j'appellerais une situation de crise.

— Malheureusement, je ne peux rien pour vous, dit-elle.

Je la regardai. Puis je retournai dans la chambre. Je ne lui avais pas dit que je n'avais pas non plus de lait pour toi, elle aurait certainement appelé les services sociaux.

Ta mère déposa un dernier baiser sur ta joue, je t'attachai dans le cosy, le soulevai, embrassai ta mère et me dirigeai vers la sortie, tandis que tu te mettais à pleurer dans le siège qui se balançait au bout de mon bras.

La situation ne ferait qu'empirer, pensai-je alors que j'adressais un dernier signe de main à ta mère et pénétrais dans l'ascenseur. Putain, que faire ?

— Tout va bien se passer, te dis-je tandis que nous descendions les étages et que tu criais, des larmes plein les yeux.

Je traversai le hall, la place, gagnai la voiture, où j'hésitai un instant à te prendre dans mes bras, peut-être arrêterais-tu de pleurer, mais un tel geste ne ferait qu'éveiller de faux espoirs, car tôt ou tard je devrais te rattacher et mettre ton siège dans la voiture, et de nouveau tes pleurs retentiraient. Autant le faire tout de suite, pensai-je. Je fixai le siège, démarrai et quittai le parking de l'hôpital.

Que faire ? Me rendre dans une station-service, expliquer la situation et demander de faire le plein à crédit ?

Jamais ils n'accepteraient.

Je tournai en direction du centre-ville.

Et si j'allais dans une banque ? Après tout, j'avais de l'argent sur mon compte, et il y avait des photos de moi sur Internet, je pourrais leur demander de vérifier.

Peut-être accepteraient-ils.

Mais où trouver une agence Nordea ?

Je descendis les rues et bifurquai à droite au carrefour sur le port, puis je parcourus la grande route tout en jetant un œil dans les rues transversales que nous passions.

Pas la moindre banque en vue.

Je remontai sur les hauteurs de Helsingborg et m'engageai dans les rues juste à l'extérieur du centre-ville, mais ce quartier abritait surtout des concessionnaires automobiles et des grandes surfaces, ce n'était pas vraiment le genre d'endroits où s'installaient les banques.

Tu hurlais sur la banquette arrière.

Il faisait chaud dans la voiture, peut-être était-ce une bonne idée de baisser les vitres, pensai-je. Je pressai le bouton sur la portière. Aussitôt, le vent s'engouffra dans l'habitacle, mais avec une certaine violence, il avait quelque chose d'incontrôlé, et je refermai, à la place je mis la clim, tout en redescendant vers le centre.

Je me garai au pied de la colline, près d'une autre rue qui, je le savais, amenait dans le centre, puis je sortis mon portable et tapai « Nordea Helsingborg » sur Google ; une carte apparut, que j'agrandis et étudiai un instant. Si je ne me trompais pas, l'agence se trouvait un peu plus bas dans la rue.

— Maintenant, il ne nous reste plus qu'à croiser les doigts, annonçai-je.

Tu ne pleurais plus aussi fort, peut-être étais-tu complètement épuisée. Je détachai le siège, le sortis, verrouillai les portières et me mis en route avec, une fois encore, toi suspendue au bout de mon bras. Ton visage était baigné de larmes. Jamais tu n'étais restée autant de temps sans manger, tu devais éprouver une sensation inédite.

J'avançais aussi vite que possible, mais ton siège cognait contre ma cuisse à chaque pas. Je changeais régulièrement de prise, parfois je le tenais loin de moi, puis contre moi, de la main droite, puis de la gauche. Les rues grouillaient de monde, les gens se promenaient, insouciants, des lunettes de soleil sur le nez, des sacs à la main, ils passaient devant les vitrines, certains mangeaient une glace. J'avais l'impression que nous appartenions à un autre monde, tous les deux.

Tu recommenças à pleurer, mais avec moins de fureur et de vigueur que dans la voiture.

Des gens nous lançaient des regards en coin.

Allez vous faire voir, bande de cons, pensai-je.

Pourvu que l'employé au guichet se montre compréhensif.

Mais nous étions en Suède, ce qui réduisait fortement mes chances, car dans ce pays les règles se doivent d'être suivies à la lettre.

Et, bien sûr, les Suédois respectent scrupuleusement ce principe.

Pourquoi en étais-je incapable ? Pourquoi me retrouvais-je sans cesse dans ce genre de situations ?

J'accélérai le pas et j'aperçus, une cinquantaine de mètres plus loin sur la gauche, le panneau arborant le logo de Nordea.

L'agence était bondée, seulement des personnes âgées, certaines assises sur les chaises alignées contre le mur, d'autres autour du comptoir au centre de la pièce où, le geste lent, elles remplissaient leurs formulaires. Nombre d'entre elles regardèrent dans notre direction quand je poussai la porte et posai ton siège par terre pour prendre un ticket au distributeur.

Il y avait de l'attente.

Je te détachai et, pour te changer les idées, je marchai dans la pièce en te serrant contre moi.

Une vingtaine de minutes plus tard, ce fut notre tour. Je m'avançai jusqu'au guichet en te tenant dans mes bras.

— Bonjour, dis-je.

— Bonjour, répondit l'employée, une femme dans la cinquantaine.

— J'ai un problème, dis-je.

— Ah bon ?

— J'habite dans l'Österlen. Et je n'ai plus d'essence. Et j'ai oublié ma carte chez moi, et toutes mes pièces d'identité. Mais j'ai un compte chez vous, et il y a de l'argent dessus. Pas mal, même. Serait-il possible de retirer des sous sans pièce d'identité ? Vous pouvez chercher mon nom sur Internet, si vous voulez, il y a des photos de moi, vous verrez que je suis bien la personne que j'affirme être.

Je rougis de confusion.

Elle me regarda en souriant.

— Ce ne sera pas nécessaire, dit-elle. Auriez-vous un code pour effectuer des virements en ligne ?

— Oui. C'est 4740.

— Pourriez-vous, s'il vous plaît, m'écrire votre nom, votre adresse et votre numéro de compte ?

Je m'exécutai.

— Combien souhaitez-vous retirer ? demanda-t-elle.

Je la regardai, les yeux brillants.

— Je ne sais pas. Mille, peut-être ?

— C'est à vous de me le dire.

— Mille cinq cents alors.

Elle pianota sur son clavier, imprima un reçu, sortit les billets et les posa sur le comptoir entre nous.

— Merci infiniment ! dis-je. C'est super !

Elle sourit et appuya sur le bouton, un nouveau numéro clignota sur l'écran au-dessus de nous.

Une demi-heure plus tard, assis à côté de toi sur la banquette arrière de la voiture, je versai le lait dans le biberon que nous venions d'acheter, le revissai et enfonçai la tétine dans ta bouche grande ouverte. Tu bus avec avidité, les yeux écarquillés mais sans rien voir de ce monde, les mains tendues vers le biberon, bien que tu ne sois pas capable de le tenir seule.

— Putain, quelle journée ! dis-je en regardant par la fenêtre. Juste à ce moment-là, deux ombres passèrent. Puis je baissai de nouveau les yeux sur toi.

— C'est bon ? En tout cas, c'est l'impression que ça donne.

Tu buvais en tétant à grands bruits.

Quand le biberon fut vide, je t'essuyai autour de la bouche, te changeai. Je n'avais pas fini de t'attacher que tes paupières lourdes papillonnaient déjà.

— Quelle journée ! répétai-je en m'asseyant au volant, puis je démarrai et quittai la ville.

Au sommet de la colline, je m'arrêtai à la station-service. Les chiffres qui d'ordinaire éveillaient en moi un vague sentiment de malaise lorsqu'ils défilaient sur l'écran de la pompe – ceux-ci représentant une somme d'argent qui disparaissait – me remplissaient à présent d'un intense sentiment de satisfaction.

Tu dormis tout le long du trajet jusqu'à Ystad et pendant la demi-heure que nous passâmes sur le parking de la gare. Peut-être aurais-je dû te laisser dans la voiture quand je partis chercher ta grand-mère maternelle qui avait pris le train à Stockholm pour venir nous prêter main-forte, mais, à la pensée que tu puisses te réveiller et que quelqu'un te voie seule dans la voiture, je décidai d'emporter ton cosy jusqu'au quai au bout duquel, quelques minutes plus tard seulement, le train apparut.

Ta mère ayant multiplié les séjours à l'hôpital, ta grand-mère avait régulièrement vécu chez nous cette année-là et, même si je préférais me débrouiller seul, force m'avait été de reconnaître que nous avions besoin d'aide, car la présence de trois enfants dans une grande maison implique de nombreuses tâches pratiques en plus de ce que je faisais déjà habituellement, et quand j'étais seul, je n'arrêtais pas de courir à droite et à gauche et je n'avais plus le temps ni la tranquillité d'esprit nécessaires pour apporter aux enfants l'affection et l'entrain qui régnaient dans la maison quand ta grand-mère était là.

Elle te salua avec effusion quand elle descendit du train. Je ne touchai pas un mot de notre mésaventure, je dis juste que tout allait bien et que ta mère, sa fille, rentrerait bientôt à la maison, puis je saisis sa valise d'une main, ton cosy de l'autre et, côte à côte, nous marchâmes jusqu'à la voiture.

Quand l'auto quitta la forêt et pénétra dans la plaine marquant le début de l'Österlen, la mer devant nous n'était plus bleu foncé, mais jaune doré, presque blanche à l'endroit où les rayons du soleil heurtaient la surface de l'eau. Les pales de l'éolienne que nous apercevions au loin, au-dessus de cimes minuscules, tournaient à vive allure dans le vent.

L'après-midi où j'avais annoncé à ton frère et tes sœurs qu'ils allaient avoir une petite sœur, ils avaient explosé de joie. Avoir un bébé dans la maison, cela dépassait toutes leurs espérances. Mais ton frère ne voulait pas me croire ! Régulièrement, je les faisais marcher, je leur racontais des histoires ou des théories trop invraisemblables pour être vraies, mais eux ne savaient jamais, en tout cas quand ils étaient plus jeunes, s'ils devaient ou non ajouter foi à ce que je leur disais. Ton frère n'aimait pas trop ça, peut-être parce qu'il en éprouvait une sorte de sentiment d'insécurité, son commentaire était donc toujours : papa, arrête de raconter des bêtises.

Et maintenant, il refusait de me croire.

J'avais beau lui assurer que jamais je ne m'amuserais à inventer une chose pareille, il ne voulait pas en démordre.

Il pouvait téléphoner à maman ?

Bien sûr.

Je composai le numéro, établis la communication et lui tendis le portable. Il le prit, le colla à son oreille et s'éloigna dans le jardin. Je l'entendais murmurer. Quand il se retourna vers nous, son visage rayonnait de joie.

— On va avoir une petite sœur ! s'écria-t-il.

— Tu ne nous apprends rien ! répliqua ta sœur aînée en riant de son allégresse.

Je me dis qu'il fallait vraiment que je cesse de le mener aussi souvent en bateau.

Ils t'attendirent tout l'automne, et je pense que cette attente rendit ces mois où ta mère multiplia les séjours à l'hôpital beaucoup plus faciles.

Tu es née avec quatre semaines d'avance, ta mère était à la maison. Elle perdit les eaux pendant la nuit, elle me réveilla et appela une ambulance, celle-ci passa en silence sur la route devant notre fenêtre, il neigeait, tout était feutré et sombre. Le matin, j'informai ton frère et tes sœurs que leur mère était partie à l'hôpital, ils étaient tout excités, et pendant qu'ils se trouvaient à l'école, où ils annoncèrent probablement la nouvelle à tous ceux qu'ils connaissaient, je téléphonai à ta grand-mère maternelle qui sauta dans le premier train. Dès qu'elle arriva, je partis à l'hôpital de Helsingborg. Ils avaient programmé la césarienne pour le lendemain, qui était le jour de l'anniversaire de ta sœur, elle allait avoir dix ans, c'était un grand moment, il me fallait donc l'appeler pour la prévenir que nous ne pourrions pas être là. Que nous fêterions son anniversaire un peu plus tard. Puis une nouvelle sage-femme prit son tour de garde et, le choix de la césarienne lui semblant incompréhensible, elle décida de déclencher l'accouchement ; tu es née le soir même. Tôt le lendemain, je suis rentré à la maison, en m'arrêtant en chemin pour acheter un iPhone : depuis plusieurs années, nous promettions à ta sœur que nous lui en offririons un pour ses dix ans. Je fêtai son anniversaire avec elle, puis je revins à l'hôpital, dans le service où, dans une caisse vitrée sur roues, vêtue d'un petit pyjama, d'un petit bonnet, sous une petite couverture, tu dormais.

L'enthousiasme manifesté par ton frère et tes sœurs à l'annonce de ta naissance ne retomba pas : chaque jour en rentrant de l'école, ils franchissaient en courant les derniers mètres qui les séparaient de la maison, se débarrassaient de leur cartable, se déchaussaient rapidement et se précipitaient à l'intérieur pour te voir. Tu grandis dans cet enthousiasme et cette joie. Et il s'agit de sentiments inconditionnels, tu n'as rien fait pour les mériter, si ce n'est exister.

Cet après-midi-là aussi, ce fut la première chose qu'ils firent en rentrant à la maison : se précipiter vers toi. Ils se réjouirent également de la présence de leur grand-mère. Elle prit aussitôt les choses en main dans la cuisine, sortit la nourriture du réfrigérateur, posa des marmites et des poêles sur la cuisinière, emplit toute la maison de son énergie. Je t'emmenai dans la salle de bains, t'allongeai sur la table à langer, te déshabillai avec précaution pendant que, fidèle à ton habitude, tu fixais les petits avions tournant au-dessus de toi.

À aucun moment ce jour-là, je n'avais pensé au sang découvert dans la cuvette des toilettes le matin même. Son souvenir à présent me revenait, comme si je le reliais à la pièce et non à moi.

Ce n'était plus de la peur que j'éprouvais face à cette anormalité, mais de l'agacement. Pourquoi fallait-il toujours que quelque chose aille de travers ?

Je me penchai sur toi, pressai mes lèvres sur ton ventre chaud et soufflai.

Tes yeux s'écarquillèrent d'étonnement.

Je recommençai, et tu ris.

Puis je te mis une couche, un pantalon propre, un petit pull, et te soulevai devant le miroir.

— Mais quel est ce joli petit bout de chou que je vois ? dis-je.

Ton reflet dans la glace te laissant indifférente, nous nous rendîmes dans la cuisine où ta grand-mère coupait des légumes, avec la radio allumée et la fenêtre ouverte.

— Ça t'embête si je te la laisse un moment ? demandai-je.

— Absolument pas. Toi aussi, tu as besoin d'un peu de temps pour toi.

Je partis chercher le transat dans le séjour, l'installai par terre et t'attachai dedans. Puis j'allumai la bouilloire, versai l'eau bouillante sur les grains bruns légèrement rougeâtres du café instantané au fond de la tasse et l'emportai dehors.

À cette heure, le jardin semblait différent de ce matin, quand le soleil se trouvait à l'opposé dans le ciel. Le vent qui le traversait participait aussi à ce changement.

Je regardai le tapis de fleurs bleues sous le poirier aux branches encore nues et sous le prunier un peu plus loin. De couleur vive mais de forme délicate, elles resplendissaient dans la lumière et ressortaient sur l'herbe verte. La pelouse était également parsemée de quelques narcisses jaunes, ainsi que de tulipes sur le point d'éclore, il y en avait partout, elles étaient encore vertes et dépourvues de pétales, mais quel vert ! Moite, foncé, une promesse de vie.

Dans quelques heures, quand tomberait le crépuscule, les fleurs bleues ne resplendiraient plus, mais elles chatoieraient doucement dans la lumière déclinante, elle aussi teintée de nuances bleues, le vert aurait alors entièrement disparu.

Je remontai l'allée pavée jusqu'à la maison. L'air était âpre et froid à l'ombre. Comme souvent au printemps, la lumière et l'air exprimaient deux choses différentes. C'est l'été, disait la lumière ; c'est l'hiver, disait l'air.

Je refermai la porte derrière moi et m'assis à mon bureau.

Ça faisait du bien.

Je venais dans cette pièce dès que je le pouvais. Quand ta mère était à la maison ou quand une de tes grands-mères séjournait chez nous, je passais le plus clair de mon temps ici. J'accompagnais ton frère et tes sœurs à l'école et j'allais les rechercher, mais je restais là tout le reste de la journée.

J'aimais être seul, ce n'était pas plus compliqué que cela.

À l'instar de mon père et mon grand-père. Dans la maison où j'ai grandi, nous avions un studio, c'était celui de papa, c'était là qu'il se retirait la plupart du temps.

L'idée que je puisse agir comme mon père me déplaisait, je voulais être un père différent de celui qu'il avait été. Mais dès que je refermais la porte derrière moi, c'était comme si toi, ton frère et tes sœurs, vous disparaissiez, je ne pensais plus à vous, j'entrais dans mon propre monde.

Pas toujours, cependant. Dans les périodes les plus difficiles, toi qui n'étais pas encore née, ton frère et tes deux sœurs, vous ne quittiez pas mes pensées.

Je me souviens de cette fois où, alors que je me tenais au milieu de la pièce après les avoir déposés à l'école, en proie à un véritable déchirement, j'éclatai soudain en sanglots. Mes yeux ne devinrent pas seulement humides comme quand je suis ému, les larmes ne ruisselaient pas non plus sur mes joues comme en ce jour d'été où l'ambulance vint chercher votre mère, non, je sanglotais, mes pleurs étaient violents, convulsifs.

Je n'en peux plus, songeai-je alors.

Dix minutes plus tard, c'était fini. Mais pleurer m'avait fait du bien, l'insurmontable me paraissait de nouveau surmontable.

Ni toi, ni ton frère ni tes sœurs ne m'avez jamais vu verser une larme. Pour vous, et comme tous les parents aux yeux de leurs enfants, je suis une personne forte, et il m'a toujours semblé crucial que vous gardiez cette impression, jusqu'au moment où, à l'adolescence, vous commencerez à sentir votre propre force et à percevoir toutes mes faiblesses. Vous serez alors vous-mêmes suffisamment solides pour le supporter.

Et puis si, à votre tour, vous avez des enfants, le même scénario se répétera.

Depuis la fenêtre au-dessus du bureau, j'avais une vue directe sur la cuisine où les allées et venues tranquilles de ta grand-mère masquaient la lumière qui entrait dans la pièce par la fenêtre derrière elle. J'apercevais aussi la tête des enfants quand ils traversaient les lieux ; la vitesse de leurs déplacements et les directions prises me permettaient de deviner ce qu'ils faisaient.

J'avais le sentiment que nous sortions d'un tunnel. Mais il y a un problème avec les sentiments, c'est qu'on ne sait jamais à quoi ils se rapportent, ce qui les motive, comment ils se traduisent. L'été précédent, j'avais l'impression de brûler de l'intérieur, comme si tout ce qui s'était noué ces dernières années s'embrasait. Quand quelqu'un traverse un moment difficile, les problèmes se répandent en cercles concentriques et se répercutent même sur les rapports ou relations périphériques. Quand cela s'obscurcit pour l'un, le feu s'allume chez l'autre et à ce moment-là toute normalité disparaît, à moins qu'on ne lutte pour la maintenir, sans comprendre nécessairement ce que l'on est en train de faire. Car d'un côté, la vie suit son cours habituel, et il le faut, tandis que de l'autre, on est en pleine crise. L'incendie est déclenché par la friction de ces deux états. Celui-ci, à l'image de ceux qui éclatent dans les décharges, peut durer des années. Peut-être perdra-t-il peu à peu en puissance, peut-être finira-t-il par n'en rester plus que des braises, mais que survienne un nouvel événement dramatique et il repart de plus belle. Sans que personne le voie, sans que personne le sache, sans que personne le comprenne, car la vie semblait suivre son cours habituel, le même depuis toujours. Mais toutes nos relations étaient en train de disparaître dans l'incendie. Les amis, la famille, le voisinage. Il me fallait désormais plusieurs semaines pour répondre à certains mails alors que, jusqu'ici, j'avais toujours pris soin de rester en contact avec ces correspondants, et si quelqu'un me téléphonait, je ne décrochais pas. Je m'occupais uniquement de ceux qui m'apportaient quelque chose ; ceux qui attendaient quelque chose de moi, je leur tournais le dos. Il en était ainsi, c'est tout. Comme bien souvent avec les actes répréhensibles, ils restent hors d'atteinte de la conscience. Cette cécité partielle est une forme d'aveuglement. Il n'est pas non plus impossible, bien sûr, qu'au fond je ne me sois jamais soucié des autres et que j'aie profité de l'occasion pour laisser libre cours à cette inclination, que je me sois servi de ce qui nous arrivait comme d'une excuse pour écarter tout ce qui n'était pas ma raison d'être : à savoir vous et l'écriture. Car l'incendie avait aussi quelque chose de bon : jamais je n'avais eu autant de raisons de travailler, jamais je n'avais eu autant de raisons de vivre.

La situation donnait maintenant l'impression de se régler d'elle-même, et le sentiment qu'une étape était franchie, que nous sortions du tunnel, était fort en ce jour de printemps où, assis à mon bureau, je regardais dans la cuisine depuis l'autre côté de la pelouse.

Mais je m'étais déjà dit la même chose auparavant, pensai-je, et rien n'avait changé.

Je quittai mon bureau et entrai dans la maison. Tu t'étais endormie dans le transat, ta grand-mère avait étendu une couverture sur toi, sur laquelle tu avais posé une main.

— Le petit cœur s'est endormi, dit-elle.

— Elle a eu une longue journée, répondis-je, puis j'allai voir dans la salle à manger si le couvert était mis.

Il ne l'était pas, je sortis donc les assiettes du placard et commençai à les poser sur la table ; sur l'une d'entre elles, je grattai un reste de nourriture séchée avec l'ongle de mon index tout en regardant par la fenêtre les branches du grand châtaignier qui s'agitaient de haut en bas dans le vent, avec à l'extrémité de leurs pointes les boutons des feuilles dont la forme rappelait des petits cocons vert pâle.

Quand le soleil fut à l'ouest dans le ciel, de couleur plus foncée qu'il ne l'avait été de toute la journée, un orange teinté d'une légère nuance de rouge, le vent tomba. Je t'allongeai sur mes cuisses, la tête contre mes genoux, t'emmitouflai dans ta petite combinaison et nouai le bonnet blanc au crochet sous ton menton, puis je t'installai dans ton landau et appelai ton frère et tes sœurs.

Ton frère et la cadette nous rejoignirent.

— Vous gardez un œil sur elle ? dis-je alors qu'ils enfilaient leur blouson et leurs chaussures.

Je partis voir ce qu'il advenait de l'aînée. Elle était à l'étage, sur son lit, où elle jouait sur son téléphone. Aux hennissements, je compris qu'il devait s'agir d'un jeu avec des chevaux.

— Tu ne viens pas ? demandai-je.

— Je crois pas, répondit-elle en levant les yeux vers moi. Je suis obligée ?

— Non, tu n'es pas obligée… mais ça va être sympa.

— Ha, ha ! On n'a pas vraiment la même définition du mot sympa.

— Tu peux me dire quelle est la mienne ?

— Passer tes journées dans un chalet à la montagne dans un pull en laine tricoté main.

— Ai-je jamais fait ça ?

— Peut-être pas, mais tu en rêves. Allez, avoue !

— Et toi alors, de quoi rêves-tu ?

— D'avoir ma propre chambre dans une maison neuve à l'équipement moderne et où les murs ne sont pas de travers.

— Je vois. Rejoins-nous si tu changes d'avis.

Elle ne répondit pas, ne leva même pas les yeux de son écran. Je redescendis auprès des autres, enfilai mon blouson, mes vieilles baskets et attrapai un bonnet marron dans la corbeille sous le portemanteau.

— Mettez un bonnet, vous aussi, dis-je. Il va faire froid.

— T'as pris des sous, papa ? demanda ta sœur.

Je hochai la tête, enfonçai le bonnet sur mon crâne et ouvris la porte d'une main tout en poussant ton landau de l'autre.

Ton frère et ta sœur avaient déjà passé le portail

et traversaient le jardin à l'arrière, les ombres y étaient longues et l'air qui stagnait au-dessus du sol était désormais légèrement voilé. Je leur emboîtai tranquillement le pas, dans ton landau tu regardais fixement le ciel, tandis que mes yeux se posaient sur le portail qui aurait eu besoin d'un bon coup de peinture et sur la petite terrasse dallée au bout de la maison d'été où, dans quelques semaines seulement, nous pourrions manger, sur le salon de jardin en tek marqué par le temps hérité des précédents propriétaires, et qui était maintenant recouvert de feuilles par endroits si sombres et humides qu'elles commençaient à ressembler à de l'humus.

Je me baissai pour passer sous le fil à linge tendu entre un des arbres et la clôture nous séparant de la propriété voisine, la seule de nos barrières à être entièrement blanche, pour la simple et bonne raison que nos voisins avaient proposé de peindre aussi de notre côté tant qu'ils y étaient ; je longeai le muret en pierre et traversai la pelouse devant la grange de brique rouge où, de temps en temps, à la belle saison, les chevaux venaient paître. De là, je voyais jusqu'à la caserne des pompiers, des volontaires uniquement, et une foule de gens se tenait devant celle-ci, munis pour certains d'un flambeau allumé.

— T'as vu ça, ma puce ? dis-je en penchant la tête vers toi. Ça va ?

Tu me regardas droit dans les yeux, avec ton sourire étrange.

Je me redressai et marchai jusqu'à la caserne.

Ton frère et ta sœur s'avancèrent vers nous, ils voulaient chacun leur flambeau, mais n'osaient pas aller le chercher.

Je m'acquittai de cette tâche pour eux. Je saluai d'un signe de tête les voisins que je connaissais et garai le landau légèrement à l'écart, en espérant que je ne donnais pas l'impression d'agir délibérément, car si je n'avais aucune idée de ce que je pourrais bien leur raconter, je ne voulais pas non plus leur paraître distant.

Ton frère plongea avec précaution son flambeau dans le feu qui brûlait dans le tonneau, avant de le tenir exagérément loin de lui et de rejoindre d'un pas crispé les autres enfants. Ta sœur l'imita.

Parmi les pères des camarades de classe des enfants, plusieurs avaient revêtu la tenue complète du pompier, avec le casque et tout le tremblement. On m'avait déjà proposé d'intégrer le groupe, mais bien que je ne trouve pratiquement rien de plus beau que le feu et les flammes, j'avais décliné l'invitation. Parfois je les voyais, rassemblés à l'intérieur ou à l'extérieur de la caserne devant laquelle étaient garés les deux énormes camions. Je ne pouvais tout simplement pas m'imaginer en leur compagnie ; même si je le souhaitais, ce serait impossible.

À cette pensée, je souris. Mon idée de feu intérieur ne collait pas trop à la réalité du vrai pompier.

Un incendie, c'était grandiose. Or je n'étais qu'une petite chose.

Je me penchai sur ton landau et te caressai la joue, en espérant que j'aurais droit à un autre de tes sourires rayonnants. Mais non, à la place, dans un seul et même mouvement tu tournas la tête sur le côté et recroquevillas les jambes.

Au milieu de la route, il y avait une charrette à bras avec une sono dessus. À côté, un homme tenait un drapeau suédois. En face de la caserne, le soleil était en train de baisser au-dessus des maisons, ses rayons n'atteignaient plus le sol, ils tombaient sur les arbres au-dessus de nous, ceux-ci resplendissaient d'un éclat doré qui contrastait avec le terrain grisonnant.

Une marche retentit bruyamment sur la place et le cortège s'ébranla lentement sur la grand-route en légère pente, avec à sa tête l'homme au drapeau et un individu qui tirait la charrette. Parmi la trentaine de personnes qui défilaient, certaines tenaient une torche allumée, des enfants pour la plupart. Dernière nous, un ronflement profond se fit entendre lorsque démarrèrent les deux camions de pompiers qui étaient censés nous escorter en roulant au pas derrière nous à travers le village.

C'était la nuit de Walpurgis, le soir où les Suédois célèbrent le printemps en chansons. Quand je m'étais installé dans ce pays douze ans auparavant, je ne connaissais pas cette tradition, et chaque année je ne pouvais m'empêcher d'éprouver la même surprise. J'avais du mal à saisir que les Suédois, qui se voient comme un peuple à la pointe de la modernité et ne veulent rien savoir du passé ni de ce qui est archaïque, qui considèrent comme réactionnaires toutes choses fixes et immuables, y compris le corps – ce dernier étant à leurs yeux non pas un fait biologique tangible et naturel mais une construction culturelle, une sorte d'artefact dont les grandes lignes seraient définies dans les universités –, bref, j'avais du mal à saisir que ces mêmes Suédois puissent se réunir une fois par an autour d'un immense feu de joie, le comble de l'archaïsme, pour chanter des chansons traditionnelles en l'honneur du printemps, où l'idée exprimée était justement que la nouveauté est elle aussi toujours ancienne.

Mais comme j'aimais qu'il en soit ainsi !

Alors que le cortège descendait la rue et s'engageait sur la route menant aux grands champs aux abords du village, les vieilles croyances et les symboles me donnaient l'impression de s'immiscer en permanence dans la réalité concrète dont ils étaient issus. À un moment, je voyais le drapeau, le petit cortège, j'entendais la marche, l'ensemble ne faisant qu'un sous le ciel bleuissant, dans un paysage agricole ouvert, tandis qu'à l'ouest un voile de brume recouvrait le soleil transformé en une boule rougeâtre, et je sentais quelque chose se soulever en moi, le sentiment d'être ici, maintenant, que ceci était notre époque. Puis, l'instant suivant, j'apercevais cette charrette ridicule avec sa sono moche, les pantalons de jogging, les coupe-vent, les têtes qui semblaient ratatinées sous les bonnets, les grands nez, les petits yeux, les grosses joues, les vieux qui essayaient de marcher en rythme avec la musique d'un pas raide légèrement traînant, l'odeur des fertilisants, ni plus ni moins qu'une odeur de merde, les cheveux de la femme devant moi qu'un coup de vent rabattait sur son visage sans qu'elle parvienne à les recoiffer correctement, un autre coup de vent faisant échouer sa première tentative et la seconde, la main légèrement agacée, les cris du père qui réprimandait sa fille.

Je regardai alors autour de moi, les champs dans le crépuscule, les grands arbres qui poussaient sur les rives du ruisseau et autour des fermes, l'obscurité qui montait de toutes parts, les vagues de lumière rouge dans le ciel à l'ouest. Puis je baissai les yeux sur toi, tu ne t'étais pas encore assoupie. Allongée dans ton landau, tu contemplais la petite figurine en plastique qui se balançait au-dessus de ta tête.

Lors de notre première nuit de Walpurgis dans le village, une de tes sœurs m'avait donné son flambeau, il était presque entièrement consumé et elle avait peur de le tenir maintenant que la flamme brûlait aussi près de sa main. Je le lui avais pris. Quelques centaines de mètres plus loin, la route passait sur un pont qui enjambait un petit ruisseau, l'endroit parfait pour me débarrasser de la torche allumée, pensai-je. Au moment où je m'arrêtai près du parapet, je ressentis la morsure chaude de la torche sur ma peau et je la jetai. Sauf qu'elle n'atterrit pas dans l'eau, comme je l'avais imaginé, mais à côté, dans l'herbe, qui s'embrasa. Je traversai le pont en courant, descendis sur la rive et d'un coup de pied j'envoyai le flambeau dans le ruisseau, puis j'écrasai l'herbe en feu, tandis que le cortège suivi des deux gigantesques camions de pompiers défilait juste au-dessus de ma tête. Le visage rougi par l'effort et les regards qu'on me lançait, je remontai sur la route et rattrapai le reste du groupe en trottinant.

Comme chaque année lorsque je traversais le pont, cet incident me revenait ; je n'y repensais jamais autrement. Le feu de joie se trouvait à cinq minutes de marche de là, dans un champ au pied d'une petite colline, juste à côté du ruisseau. Il mesurait peut-être trois mètres de haut, il était large et rond comme les anciennes meules de foin. Les enfants jetèrent leur flambeau dedans et il s'embrasa. Une cinquantaine de personnes étaient rassemblées sur ce terrain légèrement en pente. Les deux camions de pompiers étaient garés juste au-dessus, et un peu plus loin dans le champ on avait installé un stand et un barbecue, où le club de sport local vendait des saucisses et des sodas.

Au-dessus de nos têtes, le ciel s'assombrissait rapidement et les premières étoiles commençaient à apparaître à l'est, pendant que le soleil se couchait à l'ouest sous un voile rouge. Le feu avait vraiment pris à présent, il crépitait, grondait et lançait dans le ciel bleu-noir des tourbillons de flammes, de fumée et de flocons de cendres. Les enfants excités couraient autour en s'époumonant, ils criaient, s'interpellaient, riaient, car le printemps était arrivé, avec sa légèreté, sa lumière et sa déferlante de sensations nouvelles.

Tu ne dormais toujours pas. Je plongeai la tête vers toi, la frottai contre ton ventre, mais tu ne réagis pas, si ce n'est en me regardant avec de grands yeux alors que je me redressais.

— Papa, papa, on peut acheter quelque chose ? demanda ta sœur. Elle se tenait à côté de nous, les joues rouges, son blouson blanc chatoyant légèrement dans la lumière grisâtre.

— Tu ne veux pas y aller toute seule ?

— Si tu m'accompagnes.

Je la suivis jusqu'au stand, en poussant le landau sur le sol cahoteux. Il faisait froid dès qu'on s'éloignait du feu. Elle se mit dans la file d'attente et quand vint son tour, je me rapprochai et restai à côté d'elle pendant qu'elle commandait et payait, pour la rassurer.

Elle engouffra la saucisse, prit la bouteille et courut rejoindre ses camarades de classe. Je restai là, une main dans la poche, l'autre autour de la poignée du landau. La trivialité des bouteilles de moutarde et de ketchup, des saucisses brûlées, de la table de camping sur laquelle étaient posés les sodas, paraissait presque inconcevable sous les étoiles, dans la lumière dansante du feu de joie. J'avais l'impression de me trouver dans un monde banal et d'en regarder un autre, magique, comme si nos vies se déroulaient à la frontière de deux réalités parallèles.

Nous venons d'un lieu lointain et d'une beauté terrifiante, car un nouveau-né qui ouvre les yeux pour la première fois est comme une étoile, comme un soleil, mais nous vivons dans le monde étriqué, bête, de saucisses brûlées et de tables de camping instables. Le grandiose et la beauté terrifiante cependant perdurent, ils sont là en permanence, dans ce qui demeure immuable : le soleil, les étoiles, le feu, la nuit, le tapis de fleurs bleues sous l'arbre. Cette beauté ne nous sert à rien, elle est trop grande pour nous, mais nous pouvons la contempler, nous pouvons nous incliner devant elle.

Je restai longtemps à regarder tous ces gens dans l'obscurité en train de parler et rire, les enfants qui couraient au milieu, les flammes du feu de joie qui s'élevaient, orange, dans la nuit. Puis je me penchai sur toi. Sur mes joues, les larmes coulaient. Tu souris en voyant mon visage s'approcher, car tu ne savais pas non plus ce qu'étaient les larmes.

Épilogue

Nous sommes aujourd'hui le 13 avril 2016, il est onze heures moins dix et je viens juste de finir d'écrire ce livre pour toi. C'est-à-dire, je l'ai terminé il y a une heure et je suis parti chercher ton frère à l'école : il avait mal au cœur. Quand je suis arrivé, il était allongé sur le canapé devant sa salle de classe. Maintenant, il est allongé sur le canapé dans l'autre maison et il regarde la télé. Tu vas au jardin d'enfants. Tu as deux ans, ta gaieté et ton énergie sont les deux principaux traits qui te caractérisent, depuis le moment où tu ouvres les yeux le matin dans ton lit à barreaux en appelant maman, à celui où tu te couches le soir, avec ton biberon de lait entre les mains, sans jamais émettre la moindre protestation. Il y a quelques jours, en me levant, je t'ai réveillée, il était à peine plus de quatre heures du matin, je m'apprêtais à partir dans mon bureau pour écrire. Tu t'es dressée sur tes jambes et, par la fenêtre, tu as regardé la nuit.

— Oh, la lune, papa ! t'es-tu écriée en tendant le doigt.

Je me suis arrêté et penché à ta hauteur pour voir ce que tu voyais.

La lune était effectivement là, elle brillait dans l'obscurité.

J'ignore pourquoi, mais j'en ai éprouvé un sentiment de joie, j'étais content, je pense, que tu aies désormais des points de repère dans le monde et aussi que tu puisses identifier les corps célestes. Cette lune, c'était la tienne. Il se produit une chose tellement étrange quand apparaît le langage, le fait que soudain tu dises « Oh, la nuit » ou « Oh, les étoiles ! » quand nous sortons et qu'il fait noir dehors, ou quand tu es assise à l'arrière de la voiture, ce que tu continues à adorer, et que tu cries « Oh, le camion ! » quand tu vois un camion, et la seconde d'après, « Oh, parti, le camion ! ».

Mais c'est avec ta mère que tu passes le plus de temps, c'est elle que tu appelles quand tu te réveilles, c'est elle qui te console et te rassure. Les événements qui se sont produits pendant cet été il y a près de trois ans et leurs répercussions appartiennent depuis longtemps au passé. Son hospitalisation ce printemps-là fut la dernière, depuis elle vit avec toi, avec nous, et elle a écrit deux livres. Tu les liras quand tu seras grande. Ton frère et tes sœurs jouent avec toi tous les jours, tu te colles contre le mur, les yeux fermés, pendant qu'ils te cherchent, ou alors ils te poursuivent à travers les pièces et tu cours le plus vite que tu peux, sauf que pour toute autre personne que toi, ce n'est pas très rapide.

Tu sais compter jusqu'à quinze, mais tu sautes toujours le trois. Tu sais à qui appartient chaque chose dans la maison, et tu aimes donner le nom du propriétaire de chacun de ces objets, qu'il s'agisse des chaussures, des blousons, des jouets ou des casques. Tu as une peluche que tu promènes partout, un ours polaire. Tu aimes regarder les films de la série *L'Âge de glace*, et le premier mot que tu as prononcé, après « maman », était « merci ». Tu aimes t'étourdir en tournant sur toi-même, et tu aimes faire coucou aux gens, que tu les connaisses ou non. Tu te trouves jolie dans ta robe bleue : tu passes les mains sur ta poitrine et tu dis « jolie ».

Tu comprends ?

Vivre est parfois douloureux, mais il y a toujours une raison de vivre.

Crois-tu que tu réussiras à t'en souvenir ?

DU MÊME AUTEUR

Aux Éditions Denoël

LA MORT D'UN PÈRE, MON COMBAT I, 2012 (Folio nº 5964)

UN HOMME AMOUREUX, MON COMBAT II, 2014 (Folio nº 6055)

JEUNE HOMME, MON COMBAT III, 2016 (Folio nº 6346)

AUX CONFINS DU MONDE, MON COMBAT IV, 2017 (Folio nº 6574)

COMME IL PLEUT SUR LA VILLE, MON COMBAT V, 2019 (Folio nº 6804)

FIN DE COMBAT, MON COMBAT VI, 2020 (Folio nº 6963). Prix Médicis essai 2020

EN AUTOMNE, 2021

EN HIVER, 2022

AU PRINTEMPS, 2022 (Folio nº 7281)

EN ÉTÉ, 2022

TANT DE DÉSIR POUR SI PEU D'ESPACE, 2022

L'ÉTOILE DU MATIN, 2023

COLLECTION FOLIO

Dernières parutions

6876. Kazuo Ishiguro	*2 nouvelles musicales*
6877. Collectif	*Fioretti. Légendes de saint François d'Assise*
6878. Herta Müller	*La convocation*
6879. Giosuè Calaciura	*Borgo Vecchio*
6880. Marc Dugain	*Intérieur jour*
6881. Marc Dugain	*Transparence*
6882. Elena Ferrante	*Frantumaglia. L'écriture et ma vie*
6883. Lilia Hassaine	*L'œil du paon*
6884. Jon McGregor	*Réservoir 13*
6885. Caroline Lamarche	*Nous sommes à la lisière*
6886. Isabelle Sorente	*Le complexe de la sorcière*
6887. Karine Tuil	*Les choses humaines*
6888. Ovide	*Pénélope à Ulysse* et autres lettres d'amour de grandes héroïnes antiques
6889. Louis Pergaud	*La tragique aventure de Goupil* et autres contes animaliers
6890. Rainer Maria Rilke	*Notes sur la mélodie des choses* et autres textes
6891. George Orwell	*Mil neuf cent quatre-vingt-quatre*
6892. Jacques Casanova	*Histoire de ma vie*
6893. Santiago H. Amigorena	*Le ghetto intérieur*
6894. Dominique Barbéris	*Un dimanche à Ville-d'Avray*
6895. Alessandro Baricco	*The Game*
6896. Joffrine Donnadieu	*Une histoire de France*
6897. Marie Nimier	*Les confidences*
6898. Sylvain Ouillon	*Les jours*
6899. Ludmila Oulitskaïa	*Médée et ses enfants*

6900. Antoine Wauters — *Pense aux pierres sous tes pas*
6901. Franz-Olivier Giesbert — *Le schmock*
6902. Élisée Reclus — *La source* et autres histoires d'un ruisseau
6903. Simone Weil — *Étude pour une déclaration des obligations envers l'être humain* et autres textes
6904. Aurélien Bellanger — *Le continent de la douceur*
6905. Jean-Philippe Blondel — *La grande escapade*
6906. Astrid Éliard — *La dernière fois que j'ai vu Adèle*
6907. Lian Hearn — *Shikanoko, livres I et II*
6908. Lian Hearn — *Shikanoko, livres III et IV*
6909. Roy Jacobsen — *Mer blanche*
6910. Luc Lang — *La tentation*
6911. Jean-Baptiste Naudet — *La blessure*
6912. Erik Orsenna — *Briser en nous la mer gelée*
6913. Sylvain Prudhomme — *Par les routes*
6914. Vincent Raynaud — *Au tournant de la nuit*
6915. Kazuki Sakuraba — *La légende des filles rouges*
6916. Philippe Sollers — *Désir*
6917. Charles Baudelaire — *De l'essence du rire* et autres textes
6918. Marguerite Duras — *Madame Dodin*
6919. Madame de Genlis — *Mademoiselle de Clermont*
6920. Collectif — *La Commune des écrivains. Paris, 1871 : vivre et écrire l'insurrection*
6921. Jonathan Coe — *Le cœur de l'Angleterre*
6922. Yoann Barbereau — *Dans les geôles de Sibérie*
6923. Raphaël Confiant — *Grand café Martinique*
6924. Jérôme Garcin — *Le dernier hiver du Cid*
6925. Arnaud de La Grange — *Le huitième soir*
6926. Javier Marías — *Berta Isla*
6927. Fiona Mozley — *Elmet*
6928. Philip Pullman — *La Belle Sauvage. La trilogie de la Poussière, I*

6929. Jean-Christophe Rufin	*Les trois femmes du Consul. Les énigmes d'Aurel le Consul*
6930. Collectif	*Haikus de printemps et d'été*
6931. Épicure	*Lettre à Ménécée* et autres textes
6932. Marcel Proust	*Le Mystérieux Correspondant* et autres nouvelles retrouvées
6933. Nelly Alard	*La vie que tu t'étais imaginée*
6934. Sophie Chauveau	*La fabrique des pervers*
6935. Cecil Scott Forester	*L'heureux retour*
6936. Cecil Scott Forester	*Un vaisseau de ligne*
6937. Cecil Scott Forester	*Pavillon haut*
6938. Pam Jenoff	*La parade des enfants perdus*
6939. Maylis de Kerangal	*Ni fleurs ni couronnes* suivi de *Sous la cendre*
6940. Michèle Lesbre	*Rendez-vous à Parme*
6941. Akira Mizubayashi	*Âme brisée*
6942. Arto Paasilinna	*Adam & Eve*
6943. Leïla Slimani	*Le pays des autres*
6944. Zadie Smith	*Indices*
6945. Cesare Pavese	*La plage*
6946. Rabindranath Tagore	*À quatre voix*
6947. Jean de La Fontaine	*Les Amours de Psyché et de Cupidon* précédé d'*Adonis* et du *Songe de Vaux*
6948. Bartabas	*D'un cheval l'autre*
6949. Tonino Benacquista	*Toutes les histoires d'amour ont été racontées, sauf une*
6950. François Cavanna	*Crève, Ducon !*
6951. René Frégni	*Dernier arrêt avant l'automne*
6952. Violaine Huisman	*Rose désert*
6953. Alexandre Labruffe	*Chroniques d'une station-service*
6954. Franck Maubert	*Avec Bacon*
6955. Claire Messud	*Avant le bouleversement du monde*
6956. Olivier Rolin	*Extérieur monde*
6957. Karina Sainz Borgo	*La fille de l'Espagnole*
6958. Julie Wolkenstein	*Et toujours en été*

6959. James Fenimore Cooper	*Le Corsaire Rouge*
6960. Jean-Baptiste Andrea	*Cent millions d'années et un jour*
6961. Nino Haratischwili	*La huitième vie*
6962. Fabrice Humbert	*Le monde n'existe pas*
6963. Karl Ove Knausgaard	*Fin de combat. Mon combat - Livre VI*
6964. Rebecca Lighieri	*Il est des hommes qui se perdront toujours*
6965. Ian McEwan	*Une machine comme moi*
6966. Alexandre Postel	*Un automne de Flaubert*
6967. Anne Serre	*Au cœur d'un été tout en or*
6968. Sylvain Tesson	*La panthère des neiges*
6969. Maurice Leblanc	*Arsène Lupin, gentleman-cambrioleur*
6970. Nathacha Appanah	*Le ciel par-dessus le toit*
6971. Pierre Assouline	*Tu seras un homme, mon fils*
6972. Maylis Besserie	*Le tiers temps*
6973. Marie Darrieussecq	*La mer à l'envers*
6974. Marie Gauthier	*Court vêtue*
6975. Iegor Gran	*Les services compétents*
6976. Patrick Modiano	*Encre sympathique*
6977. Christophe Ono-dit-Biot et Adel Abdessemed	*Nuit espagnole*
6978. Regina Porter	*Ce que l'on sème*
6979. Yasmina Reza	*Anne-Marie la beauté*
6980. Anne Sinclair	*La rafle des notables*
6981. Maurice Leblanc	*Arsène Lupin contre Herlock Sholmès*
6982. George Orwell	*La Ferme des animaux*
6983. Jean-Pierre Siméon	*Petit éloge de la poésie*
6984. Amos Oz	*Ne dis pas la nuit*
6985. Belinda Cannone	*Petit éloge de l'embrassement*
6986. Christian Bobin	*Pierre,*
6987. Claire Castillon	*Marche blanche*
6988. Christelle Dabos	*La Passe-miroir, Livre IV. La tempête des échos*
6989. Hans Fallada	*Le cauchemar*

6990.	Pauline Guéna	*18.3. Une année à la PJ*
6991.	Anna Hope	*Nos espérances*
6992.	Elizabeth Jane Howard	*Étés anglais. La saga des Cazalet I*
6993.	J.M.G. Le Clézio	*Alma*
6994.	Irène Némirovsky	*L'ennemie*
6995.	Marc Pautrel	*L'éternel printemps*
6996.	Lucie Rico	*Le chant du poulet sous vide*
6997.	Abdourahman A. Waberi	*Pourquoi tu danses quand tu marches ?*
6998.	Sei Shônagon	*Choses qui rendent heureux* et autres notes de chevet
6999.	Paul Valéry	*L'homme et la coquille* et autres textes
7000.	Tracy Chevalier	*La brodeuse de Winchester*
7001.	Collectif	*Contes du Chat noir*
7002.	Edmond et Jules de Goncourt	*Journal*
7003.	Collectif	*À nous la Terre !*
7004.	Dave Eggers	*Le moine de Moka*
7005.	Alain Finkielkraut	*À la première personne*
7007.	C. E. Morgan	*Tous les vivants*
7008.	Jean d'Ormesson	*Un hosanna sans fin*
7009.	Amos Oz	*Connaître une femme*
7010.	Olivia Rosenthal	*Éloge des bâtards*
7011.	Collectif	*Écrire Marseille.* 15 grands auteurs célèbrent la cité phocéenne
7012.	Fédor Dostoïevski	*Les Nuits blanches*
7013.	Marguerite Abouet et Clément Oubrerie	*Aya de Yopougon 5*
7014.	Marguerite Abouet et Clément Oubrerie	*Aya de Yopougon 6*
7015.	Élisa Shua Dusapin	*Vladivostok Circus*
7016.	David Foenkinos	*La famille Martin*
7017.	Pierre Jourde	*Pays perdu*
7018.	Patrick Lapeyre	*Paula ou personne*

7047.	Stéphanie Coste	*Le passeur*
7048.	Carole Fives	*Térébenthine*
7049.	Luc-Michel Fouassier	*Les pantoufles*
7050.	Franz-Olivier Giesbert	*Dernier été*
7051.	Julia Kerninon	*Liv Maria*
7052.	Bruno Le Maire	*L'ange et la bête. Mémoires provisoires*
7053.	Philippe Sollers	*Légende*
7054.	Mamen Sánchez	*La gitane aux yeux bleus*
7055.	Jean-Marie Rouart	*La construction d'un coupable.* À paraître
7056.	Laurence Sterne	*Voyage sentimental en France et en Italie*
7057.	Nicolas de Condorcet	*Conseils à sa fille* et autres textes
7058.	Jack Kerouac	*La grande traversée de l'Ouest en bus* et autres textes beat
7059.	Albert Camus	*« Cher Monsieur Germain,... »* Lettres et extraits
7060.	Philippe Sollers	*Agent secret*
7061.	Jacky Durand	*Marguerite*
7062.	Gianfranco Calligarich	*Le dernier été en ville*
7063.	Iliana Holguín Teodorescu	*Aller avec la chance*
7064.	Tommaso Melilli	*L'écume des pâtes*
7065.	John Muir	*Un été dans la Sierra*
7066.	Patrice Jean	*La poursuite de l'idéal*
7067.	Laura Kasischke	*Un oiseau blanc dans le blizzard*
7068.	Scholastique Mukasonga	*Kibogo est monté au ciel*
7069.	Éric Reinhardt	*Comédies françaises*
7070.	Jean Rolin	*Le pont de Bezons*
7071.	Jean-Christophe Rufin	*Le flambeur de la Caspienne. Les énigmes d'Aurel le Consul*
7072.	Agathe Saint-Maur	*De sel et de fumée*
7073.	Leïla Slimani	*Le parfum des fleurs la nuit*

7074. Bénédicte Belpois — *Saint Jacques*
7075. Jean-Philippe Blondel — *Un si petit monde*
7076. Caterina Bonvicini — *Les femmes de*
7077. Olivier Bourdeaut — *Florida*
7078. Anna Burns — *Milkman*
7079. Fabrice Caro — *Broadway*
7080. Cecil Scott Forester — *Le seigneur de la mer. Capitaine Hornblower*
7081. Cecil Scott Forester — *Lord Hornblower. Capitaine Hornblower*
7082. Camille Laurens — *Fille*
7083. Étienne de Montety — *La grande épreuve*
7084. Thomas Snégaroff — *Putzi. Le pianiste d'Hitler*
7085. Gilbert Sinoué — *L'île du Couchant*
7086. Federico García Lorca — *Aube d'été* et autres impressions et paysages
7087. Franz Kafka — *Blumfeld, un célibataire plus très jeune* et autres textes
7088. Georges Navel — *En faisant les foins* et autres travaux
7089. Robert Louis Stevenson — *Voyage avec un âne dans les Cévennes*
7090. H. G. Wells — *L'Homme invisible*
7091. Simone de Beauvoir — *La longue marche*
7092. Tahar Ben Jelloun — *Le miel et l'amertume*
7093. Shane Haddad — *Toni tout court*
7094. Jean Hatzfeld — *Là où tout se tait*
7095. Nathalie Kuperman — *On était des poissons*
7096. Hervé Le Tellier — *L'anomalie*
7097. Pascal Quignard — *L'homme aux trois lettres*
7098. Marie Sizun — *La maison de Bretagne*
7099. Bruno de Stabenrath — *L'ami impossible. Une jeunesse avec Xavier Dupont de Ligonnès*
7100. Pajtim Statovci — *La traversée*
7101. Graham Swift — *Le grand jeu*
7102. Charles Dickens — *L'Ami commun*
7103. Pierric Bailly — *Le roman de Jim*

7104.	François Bégaudeau	*Un enlèvement*
7105.	Rachel Cusk	*Contour. Contour – Transit – Kudos*
7106.	Éric Fottorino	*Marina A*
7107.	Roy Jacobsen	*Les yeux du Rigel*
7108.	Maria Pourchet	*Avancer*
7109.	Sylvain Prudhomme	*Les orages*
7110.	Ruta Sepetys	*Hôtel Castellana*
7111.	Delphine de Vigan	*Les enfants sont rois*
7112.	Ocean Vuong	*Un bref instant de splendeur*
7113.	Huysmans	*À Rebours*
7114.	Abigail Assor	*Aussi riche que le roi*
7115.	Aurélien Bellanger	*Téléréalité*
7116.	Emmanuel Carrère	*Yoga*
7117.	Thierry Laget	*Proust, prix Goncourt. Une émeute littéraire*
7118.	Marie NDiaye	*La vengeance m'appartient*
7119.	Pierre Nora	*Jeunesse*
7120.	Julie Otsuka	*Certaines n'avaient jamais vu la mer*
7121.	Yasmina Reza	*Serge*
7122.	Zadie Smith	*Grand Union*
7123.	Chantal Thomas	*De sable et de neige*
7124.	Pef	*Petit éloge de l'aéroplane*
7125.	Grégoire Polet	*Petit éloge de la Belgique*
7126.	Collectif	*Proust-Monde. Quand les écrivains étrangers lisent Proust*
7127.	Victor Hugo	*Carnets d'amour à Juliette Drouet*
7128.	Blaise Cendrars	*Trop c'est trop*
7129.	Jonathan Coe	*Mr Wilder et moi*
7130.	Jean-Paul Didierlaurent	*Malamute*
7131.	Shilpi Somaya Gowda	*« La famille »*
7132.	Elizabeth Jane Howard	*À rude épreuve. La saga des Cazalet II*
7133.	Hédi Kaddour	*La nuit des orateurs*
7134.	Jean-Marie Laclavetine	*La vie des morts*

7135. Camille Laurens — *La trilogie des mots*
7136. J.M.G. Le Clézio — *Le flot de la poésie continuera de couler*
7137. Ryoko Sekiguchi — *961 heures à Beyrouth (et 321 plats qui les accompagnent)*
7138. Patti Smith — *L'année du singe*
7139. George R. Stewart — *La Terre demeure*
7140. Mario Vargas Llosa — *L'appel de la tribu*
7141. Louis Guilloux — *O.K., Joe !*
7142. Virginia Woolf — *Flush*
7143. Sénèque — *Tragédies complètes*
7144. François Garde — *Roi par effraction*
7145. Dominique Bona — *Divine Jacqueline*
7146. Collectif — *SOS Méditerranée*
7147. Régis Debray — *D'un siècle l'autre*
7148. Erri De Luca — *Impossible*
7149. Philippe Labro — *J'irais nager dans plus de rivières*
7150. Mathieu Lindon — *Hervelino*
7151. Amos Oz — *Les terres du chacal*
7152. Philip Roth — *Les faits. Autobiographie d'un romancier*
7153. Roberto Saviano — *Le contraire de la mort*
7154. Kerwin Spire — *Monsieur Romain Gary. Consul général de France*
7155. Graham Swift — *La dernière tournée*
7156. Ferdinand von Schirach — *Sanction*
7157. Sempé — *Garder le cap*
7158. Rabindranath Tagore — *Par les nuées de Shrâvana* et autres poèmes
7159. Urabe Kenkô et Kamo no Chômei — *Cahiers de l'ermitage*
7160. David Foenkinos — *Numéro deux*
7161. Geneviève Damas — *Bluebird*
7162. Josephine Hart — *Dangereuse*
7163. Lilia Hassaine — *Soleil amer*
7164. Hervé Le Tellier — *Moi et François Mitterrand*
7165. Ludmila Oulitskaïa — *Ce n'était que la peste*
7166. Daniel Pennac — *Le cas Malaussène I Ils m'ont menti*

7167. Giuseppe Santoliquido *L'été sans retour*
7168. Isabelle Sorente *La femme et l'oiseau*
7169. Jón Kalman Stefánsson *Ton absence n'est que ténèbres*
7170. Delphine de Vigan *Jours sans faim*
7171. Ralph Waldo Emerson *La Nature*
7172. Henry David Thoreau *Sept jours sur le fleuve*
7173. Honoré de Balzac *Pierrette*
7174. Karen Blixen *Ehrengarde*
7175. Paul Éluard *L'amour la poésie*
7176. Franz Kafka *Lettre au père*
7177. Jules Verne *Le Rayon vert*
7178. George Eliot *Silas Marner. Le tisserand de Raveloe*
7179. Gerbrand Bakker *Parce que les fleurs sont blanches*
7180. Christophe Boltanski *Les vies de Jacob*
7181. Benoît Duteurtre *Ma vie extraordinaire*
7182. Akwaeke Emezi *Eau douce*
7183. Kazuo Ishiguro *Klara et le Soleil*
7184. Nadeije Laneyrie-Dagen *L'étoile brisée*
7185. Karine Tuil *La décision*
7186. Bernhard Schlink *Couleurs de l'adieu*
7187. Gabrielle Filteau-Chiba *Sauvagines*
7188. Antoine Wauters *Mahmoud ou la montée des eaux*
7189. Guillaume Aubin *L'arbre de colère*
7190. Isabelle Aupy *L'homme qui n'aimait plus les chats*
7191. Jean-Baptiste Del Amo *Le fils de l'homme*
7192. Astrid Eliard *Les bourgeoises*
7193. Camille Goudeau *Les chats éraflés*
7194. Alexis Jenni *La beauté dure toujours*
7195. Edgar Morin *Réveillons-nous !*
7196. Marie Richeux *Sages femmes*
7197. Kawai Strong Washburn *Au temps des requins et des sauveurs*
7198. Christèle Wurmser *Même les anges*
7199. Alix de Saint-André *57 rue de Babylone, Paris 7e*
7200. Nathacha Appanah *Rien ne t'appartient*

*Tous les papiers utilisés pour les ouvrages
des collections Folio sont certifiés
et proviennent de forêts gérées durablement.*

*Composition Nord Compo
Impression Grafica Veneta
à Trebaseleghe, le 3 octobre 2023
Dépôt légal : octobre 2023*

ISBN 978-2-07-301774-1 / Imprimé en Italie

559788